Hans Joachim Schädlich

# Bruchstücke

ROWOHLT

1. Auflage

Originalausgabe
Veröffentlicht im Rowohlt Verlag,
Kirchenallee 19, 20099 Hamburg, September 2025

Lektorat Krista Maria Schädlich

Satz Eudald bei Pinkuin Satz und Datentechnik, Berlin
Druck und Bindung GGP Media GmbH, Pößneck
ISBN 978-3-498-00767-6

Kontaktadresse nach EU-Produktsicherheitsverordnung:
produktsicherheit@rowohlt.de

FSC www.fsc.org
MIX
Papier | Fördert gute Waldnutzung
FSC® C014496

*Für Krista Maria*

# Briefträger

Ich bin Briefträger. 

Gestern habe ich beschlossen, meine Erlebnisse aufzuschreiben.

Heute fange ich damit an.

Jetzt.

Leute schreiben an Leute.

Ich trage es zu ihnen.

Mir schreibt niemand.

Einen Briefkasten habe ich.

Gelegentlich steckt ein Bote Werbeprospekte in meinen Briefkasten.

Der Bote grüßt mich.

Ich sage: Langweilig. Und leicht.

Er: Leicht, wenn die Briefkästen draußen sind. Aber wenn sie im Haus sind, schwer. Ich muß bei irgendwem klingeln: Werbung! Manche drücken auf den Türöffner.

Ich: Sie lesen gar nicht die Namen an den Briefkästen. Schmeißen nur die Werbung rein.

Er: Ich lese aber: Bitte keine Werbung.

Ich: Und?

Er: Schmeiß sie trotzdem rein.

Ich: Ich lese die Namen auf den Briefen und die Namen an den Briefkästen.

Er: Ihr Briefkasten ist voll. Geht nix mehr rein.

Ich: Dann lassen Sie es!

Er: Steht nicht dran: Keine Werbung!

Gestern bin ich auf der Straße in einen Haufen Hundescheiße getreten.

Ich mach Schluß mit dem Tagebuch.

Jetzt.

## «Hier lang!»

Jane, Amerikanerin, zeitweilig wohnhaft in Westberlin, kann Wolfgang jederzeit in Ostberlin besuchen. 

Wolfgang, DDR-Bürger, darf nicht in den Westen.

Jane und Wolfgang wollen nicht auf Dauer in Ostberlin sein. Wolfgang will mit Jane in den USA leben.

Aber wie kommt Wolfgang in den Westen?

Jane hat eine Idee. Wolfgang soll als amerikanischer Soldat (GI) verkleidet am Checkpoint Charlie nach Westberlin gehen. Der Checkpoint Charlie war seinerzeit in der Friedrichstraße der Grenzübergang durch die Berliner Mauer zwischen West- und Ostberlin. Auf östlicher Seite befand sich die DDR-Grenzübergangsstelle.

Jane besucht in Westberlin Clubs amerikanischer Soldaten. Sie erfährt, daß die DDR-Grenzer alliierte Soldaten nicht kontrollieren dürfen. Die alliierten Soldaten werden auf dem Weg nach Osten und auf dem Rückweg von den DDR-Grenzern nur gezählt.

Jane findet einen GI, der ungefähr Wolfgangs Figur hat. Er leiht ihr seine Ausgehuniform. Bei mehreren Besuchen schmuggelt sie die Uniformteile – Jacke, Hose, Hemd, Schirmmütze –, die sie in ihren Mantel einnäht, in den Osten.

Sie freundet sich mit dem Soldaten Ned an, der Wolfgang in Ostberlin besucht.

Jane besorgt eine amerikanische ID-Card auf den Namen José Rodriguez und klebt Wolfgangs Paßfoto hinein.

Am 6. April 1974 ist Jane bei Wolfgang in Ostberlin, Lichtenberg, Möllendorffstraße 27.

Es ist so weit. Heute soll Wolfgang als José Rodriguez nach Westberlin gehen. Der echte José Rodriguez soll Stunden nach Wolfgang zurück über den Checkpoint Charlie nach Westberlin gehen.

Mit Ned ist vereinbart, daß Wolfgang und er sich im Ostberliner Pergamonmuseum treffen.

In der Möllendorffstraße 27 ist die amerikanische Uniform in der Küche unter dem Abwaschtisch verstaut.

Jane holt die Uniform aus der Küche. Sie bügelt die Uniformhose, die Jacke. Wolfgang zieht die Uniform an. Jane setzt Wolfgang die Schirmmütze auf und die Sonnenbrille, die sie in einem Westberliner Geschäft für Theaterrequisiten gekauft hat. Jane ist zufrieden, Wolfgang ist nervös.

Unerwartet kommt Achim, Wolfgangs Freund, auf seinem Motorrad aus Greifswald.

Jane verabschiedet sich von Wolfgang und Achim. Sie will vor Wolfgangs Flucht in Westberlin sein.

Achim sieht plötzlich, daß Jane ihre Handtasche vergessen hat. Wolfgang, erschrocken, sagt:

«In der Tasche ist ihr Paß.»

Achim nimmt die Tasche, eilt aus der Wohnung und fährt mit dem Motorrad Jane hinterher. In der Chausseestraße erreicht er sie und gibt ihr die Handtasche.

Achim fährt zu Wolfgang zurück.

Wolfgang zieht seinen Parka über die Uniformjacke. Die Schirmmütze und die Sonnenbrille steckt er in eine weiße Plastiktüte.

Wolfgang fährt mit Achim auf dem Motorrad in die Nähe des Pergamonmuseums.

Um 16.00 Uhr ist Wolfgang mit Ned im Pergamonmuseum verabredet.

Auf einer unbelebten Treppe in das untere Stockwerk zieht Wolfgang seinen Parka aus. Er setzt die Schirmmütze und die Sonnenbrille auf. Den Parka steckt er in die weiße Plastiktüte. Er setzt sich auf eine Steinbank. Die Plastiktüte mit dem Parka stellt er neben die Bank. Wolfgang wartet.

Als er Ned sieht, steht er auf und geht zu ihm. Sie schlendern noch eine Weile durch das Museum und gehen schließlich zum Ausgang.

Auf der anderen Seite der Straße Am Kupfergraben steht Neds VW-Bus mit dem amerikanischen Kennzeichen JR-6570. Ned photografiert Wolfgang. Dann fahren sie ziellos durch Ostberlin. Ned will wissen, ob er verfolgt wird. Aber niemand folgt ihnen. Schließlich fährt er die Friedrichstraße entlang bis in die Nähe des Grenzübergangs.

Er sagt:

«Du mußt jetzt aussteigen und losgehen.»

Wolfgang steigt aus und geht los. Er schwitzt. Er geht an einem DDR-Grenzer vorbei. Seine ID-Card muß er nicht vorzeigen.

Zwischen der Ost-Grenzkontrollstelle und dem Checkpoint Charlie stehen verschiebbare Eisengitter. Für Wolfgang ein Labyrinth. Er, der die Wege nicht kennt, geht auf der Fahrbahn. Muß er nach rechts, muß er nach links? Ein DDR-Grenzer ruft ihm zu:

«Hier lang!»

Wenige Meter weiter das Military-Police-Häuschen der



westlichen Alliierten. Auf einem großen Schild:

«You are entering the American Sector.»

Wolfgang durchfährt es blitzartig:

«Ich bin raus!»

Er biegt in die Kochstraße ein.

Ned, der auch zurück nach Westberlin gefahren ist, wartet dort auf ihn in seinem Bus. Sie fahren zum U-Bahnhof Potsdamer Platz. Am Straßenrand steht Jane mit ihrer Freundin Susan.

Sie lachen, sie weinen, sie umarmen einander.

Die DDR-Grenzer hatten in ihrer Grenzkontrollstelle alle alliierten Soldaten gezählt, die nach Ostberlin gegangen und nach Westberlin zurückgekehrt waren.

Bis kurz vor Mitternacht stimmten die Zahlen an diesem 7. April. Bis kurz vor Mitternacht José Rodriguez über den Grenzübergang gehen wollte.

Die DDR-Grenzer zählten plötzlich einen Mann zu viel. Sie hielten ihn für einen DDR-Flüchtling und nahmen ihn fest.

Nach Stunden mußten die Grenzbeamten erkennen, daß José Rodriguez richtig und ein anderer falsch gezählt wurde.

Sie mußten José Rodriguez gehen lassen und erfuhren nie, wer der andere gewesen war.

# Hinterster Winkel

Kamenz, am östlichen Rand Sachsens gelegen, Geburtsstadt Gotthold Ephraim Lessings (1729–1781), des bedeutenden Dichters der Aufklärung, Ort der Verleihung des Lessing-Preises.



Im Amtszimmer des Oberbürgermeisters, Mitglied der PDS, das Foto eines sowjetischen Kampfjets an der Wand. «Eine Erinnerung an meine Zeit bei der Luftverteidigung der Nationalen Volksarmee», sagt der Oberbürgermeister.

Nach der Preisverleihung im Jahr 2003 ein Essen im Ratskeller.

Professor Heinz Ludwig Arnold, der die Laudatio gehalten hatte, steht auf und ruft in den vollbesetzten Saal:

«Wir tragen den Geist der Aufklärung noch in den hintersten Winkel der Republik.»

# Fast eine Stunde

14 Alexander V. Isačenko (1911–1978), russisch-österreichischer Linguist, Autor slawistischer Standardwerde («Die russische Sprache der Gegenwart», 1962; «Geschichte der russischen Sprache». Zwei Bände, 1980 und 1989).

Studium der Slawistik in Wien bei Nikolai S. Trubetzkoy. 1933 Dissertation, 1939 Habilitation. Unterrichtete in Wien, Ljubljana, Bratislava und Olomouc.

Berufung an die Akademie der Wissenschaften der DDR in Ostberlin, wo er von 1960–1965 die Arbeitsstelle Strukturelle Grammatik leitete.

Nach einer Vortragsreise, die ihn nach London und Paris geführt hatte, wurde er bei seiner Rückkehr in die DDR von DDR-Grenzern im Bahnhof Friedrichstraße in erniedrigender Weise kontrolliert: Leibesvisitation, Durchsuchung der Wäsche, Durchsicht der Vortragsmanuskripte. Die Kontrolle dauerte fast eine Stunde.

Er verließ den Bahnhof und rief über den Bahnhofsvorplatz:

«Man kommt aus Europa und fährt in ein Arschloch.»

# Nach Bremen

Die Mutter, Witwe, arbeitslos, arm, wußte nicht, wie sie dem Jungen sorglose Sommerferien bieten sollte. 

Die Mutter sagte:

«Fahr doch zu Albert, unserem Buchhalter – als wir in Reichenbach noch die Firma hatten. Hat bei uns gewohnt, in der Mansarde. Nach dem Krieg, da war noch Geld da, hat er mir ewig auf der Tasche gelegen. Der kann dich mal paar Wochen durchfüttern.»

Der Junge sagte:

«Wo wohnt der.»

Die Mutter sagte:

«In Bremen, mit seinen alten Eltern.»

Der Junge sagte:

«Wie soll ich nach Bremen kommen?»

Die Mutter sagte:

«Von Westberlin, per Anhalter.»

Der Junge sagte:

«Wie soll ich in Westberlin jemanden finden, der nach Bremen fährt.»

Die Mutter sagte:

«Fährst zum Messegelände, wo die LKWs nachm Westen starten.»

Die Mutter packte dem Jungen Hemden, Unterwäsche, Strümpfe, die Badehose und Stullen und Äpfel in den Rucksack und sagte:

«Goethestraße.» Nummer soundso.

Als Reisegeld gab sie ihm fünf Mark.

Der Junge ging am nächsten Morgen zur Bushaltestelle und fuhr nach Fürstenwalde. Von Fürstenwalde mit dem Zug nach Erkner. Von Erkner mit der S-Bahn nach Westberlin, Bahnhof Zoo.

Der Junge fragte einen Bahnbeamten:

«Wie komme ich zum Messegelände?»

Der Bahnbeamte sagte:

«Du fährst mit der U-Bahn Richtung Ruhleben. Oder mitm Bus bis zum Haus des Rundfunks.»

Vom Rundfunk bis zum Messegelände ist es nicht weit. Dort standen LKWs.

Der Junge fragte einen Fahrer:

«Kann ich mitfahren nach Bremen?»

Der Fahrer sagte:

«Nach Bremen fahr ich nich. Aber bis Marienborn kannste mitkomm.»

Der Junge durfte vorn beim Fahrer sitzen.

Der Fahrer sagte:

«Vor der Grenzkontrolle in Marienborn mußte raus.

Sonst ziehen mir die Vopos die Hammelbeine lang.»

«Wie soll ich denn über die Grenze kommen.»

«In Marienborn gehste in die Kneipe. Da fragste.»

Der Junge stieg in Marienborn aus und ging in eine Kneipe. Da saß er, bis es dunkel wurde.

Am späten Abend sammelten sich Leute um einen Mann, der aussah wie ein Wanderer. Der Junge verstand nicht, was er flüsterte. Plötzlich standen die Leute auf und folgten ihm.

Leise fragte der Junge eine Frau:
«Wo geht ihr hin?»
«Rüber», flüsterte sie.
Der Junge ging einfach mit.
Der Marsch dauerte die ganze Nacht.
Niemand sprach ein Wort.



In der Morgendämmerung erreichten sie die Autobahn bei Helmstedt. Der ‹Wanderer› hatte die Grenzkontrolle zwischen Ost und West in weitem Bogen umgangen.
Der Junge war in der Bundesrepublik.
Auf einem Parkplatz standen LKWs. Er fragte einen Fahrer:
«Fährst du nach Bremen?»
«Ja.»
«Kann ich mitkommen?»
«Ja. Aber nur hinten.»
Der Junge kletterte auf den LKW und hockte sich auf leere Säcke.
Gegen Mittag kam der Wagen in Bremen an.
Der Fahrer ließ ihn irgendwo in der Stadt vom Wagen klettern.
Stundenlang lief er durch die Stadt und fragte viele Male die Leute:
«Wo ist die Goethestraße?»
Endlich hatte der Junge die Straße gefunden.
Der Junge klingelte an einem Mietshaus Nummer soundso bei Alberts Namen: Keiner da. Er klingelte noch einmal: Keiner da.
Es war schon später Nachmittag.

Niedergeschlagen zog er durch die Gegend. Bis er zu einer Polizeiwache kam.

Der Junge ging hinein. Zu dem Polizeibeamten sagte er: «Die Leute sind nicht da. Wo soll ich bloß bleiben.»

Der Beamte sagte:



«Du kannst hier in einer Zelle übernachten.» Er gab ihm eine Decke und führte ihn in die Zelle.

Der Beamte:

«Die Zellentür laß ich auf. Morgen früh gehste einfach.»

Der Junge legte sich auf die Pritsche, deckte sich zu und schlief sofort ein.

Am nächsten Morgen wanderte er wieder zur Goethestraße. Klingelte.

Da öffnete Albert die Tür und sagte:

«Um Gottes willen, wo kommst du denn her.»

«Von zu Hause. Hat dir die Mutter nicht geschrieben?»

«Ich hab nix bekommen.»

«Ich soll bei dir Ferien machen.»

«So? Na, dann komm mal rein.»

Die alten Eltern von Albert sahen ihn feindselig an.

«Was soll der Junge hier?»

Albert sagte:

«Das ist ein Sohn meines Chefs in Reichenbach. Will bei uns die Ferien verbringen.»

Alberts Vater sagte:

«Wir haben keinen Platz.»

Albert sagte:

«Ich stelle die Liege in den Korridor. Geht schon.»

Alberts Mutter sagte:

«Und essen?»
Albert sagte:
«Das wird schon reichen.»
Albert hatte ein funkelnagelneues Fahrrad.
Der Junge sagte:
«Darf ich damit fahren?» 
Albert sagte:
«Wann du willst.»
Mit Alberts Rad unternahm er lange Radtouren.
Albert sagte:
«Hast du 'ne Badehose mit?»
Der Junge sagte:
«Ja.»
Albert ging mit ihm ins Freibad.
Unterwegs sah der Junge einen riesigen Bau.
Der Junge sagte:
«Was ist das?»
Albert sagte:
«Das Weserstadion.»
Der Junge sagte:
«Da will ich hin.»
Albert ging mit dem Jungen ins Weserstadion. Sie sahen ein Spiel von Werder Bremen gegen wer weiß wen.
Seine schönsten Sommerferien gingen zu Ende.
Alberts Mutter sagte:
«Endlich!»
Der Junge sagte zu Albert:
«Wie komme ich nach Berlin.»
Albert sagte:

«Ich bringe dich zum Freihafen. Dort findest du einen Lastwagen.»

Am Freihafen fragte der Junge einen Fahrer.

Der Fahrer sagte:

«Ja, kannst mitfahren. Aber nur, wenn du mir beim Laden hilfst.»

Der Junge half ihm beim Laden von Apfelsinenkartons. Die waren nicht schwer.

In Helmstedt mußte der Junge nicht vom Wagen runter.

Später, auf einem Parkplatz, sagte der Fahrer:

«Gegen Leute, die in den Osten wollen, haben die Vopos nix.»

# Nicht schlecht

Der Präsident der Deutschen Akademie für Sprache und Dichtung von 1984 bis 1996, Prof. Dr. Herbert Heckmann sagte: 

«Ich war kein guter Schüler. Aber einmal wollte ich es meinem Vater zeigen.

Ich war fleißig, und am Ende des Schuljahres hatte ich in allen Fächern eine Zwei. Stolz zeigte ich meinem Vater das Zeugnis.»

Der sagte:

«Nicht schlecht. Aber es hätte besser sein können.»

# Vergebens



In Templin, mitten in der ländlichen Uckermark, die Landesoberschule – das ehemalige Joachimsthalsche Gymnasium – mit Schüler-Wohnheimen und Lehrer-Villen.

In den Dörfern der näheren und weiteren Umgebung siedelten viele Neubauern, die im Rahmen der Bodenreform in der sowjetischen Besatzungszone landwirtschaftlichen Besitz von 5–8 Hektar erhalten hatten. Es waren zumeist Flüchtlinge, die in Ostpreußen, Hinterpommern, Schlesien in der Landwirtschaft beschäftigt gewesen und vertrieben worden waren.

Die Kinder von Neubauern konnten nach dem Besuch der Grundschule in die Landesoberschule aufgenommen werden; sie lebten in den Wohnheimen (Heimschüler). Nur wenige Schüler kamen aus Templin (Stadtschüler).

Einen familiären Bildungshintergrund hatten die Kinder der Neubauern gewöhnlich nicht.

Besonders der Latein-Unterricht bereitete den meisten die größte Mühe.

Latein unterrichtete ein siebzigjähriger alter Gymnasiallehrer namens Dr. Hildebrand, der sich nicht mit den Nazis eingelassen hatte.

Er bemühte sich redlich, aber erfolglos.

Eines Tages schlug er einem Schüler das Lateinbuch auf den Kopf und sagte:

«Von einem Haufen Scherben versucht ein Gott vergebens, Frucht zu ziehen.»

# Mai 1977



Eigentlich wollten Sarah Kirsch und ich ein Ferienhaus in Mecklenburg kaufen.

Mein Schwager, Landwirt in Mecklenburg, hatte ein passendes Anwesen gesucht und in der Nähe Schwerins gefunden.

Ich war mit Krista und Sarah dorthin gefahren.

Das Haus auf einem Hügel, in der Umgebung glitzernde Seen. Zum Grundstück gehörte ein kleiner Wald. Im Garten Bienenstöcke. In der Küche Zwiebelmuster-Porzellan; eine Küchenhexe mit Messingbeschlägen.

Oben alte Bauernmöbel.

Der Besitzer:

«Meine Mutter ist gestorben. Was soll ich mit der alten Bude. Ich hab ’ne schöne Neubauwohnung in Schwerin. Geben Sie mir dreitausend Mark, und wir sind uns einig.»

Krista war hingerissen. Von Zeit zu Zeit leben auf dem Land, fern der Großstadt.

Eine blaue Gartenbank vor dem Haus hatte es ihr besonders angetan.

Krista sagte:

«Da sehe ich mich als alte Frau sitzen. Um mich herum die Hühner. Wie ich Erbsen auspahle.»

Sarah Kirsch fing an zu mäkeln:

«Ziemlich niedrig, und der Fußboden ist brüchig.»

Ich sagte:
«Hier wachsen aus den Wänden schon Pilze.»
Zu dem Besitzer sagten Sarah und ich schließlich:
«Nein.»
Wir fuhren ab.
Krista im Auto verschnupft. Schweigen. 
Irgendwann sagte Sarah:
«Halt mal an einem Gasthof an. Ich glaube, Krista braucht einen Schnaps.»
Krista:
«Ich brauche keinen Schnaps. Ich kann Euch nicht verstehen.»
Sarah sagte:
«Krista, da ist nix mehr mit Mecklenburg. Wir müssen ja doch in den Westen.»
(Im August 1977 reiste Sarah aus.
Im Dezember 1977 reisten wir aus.)

# Washington 1988

Im November 1988 fand in Washington in dem von Robert G. Livingston gegründeten American Institute for Contemporary German Studies eine Konferenz «On the Reception of GDR Literature» statt.

Geleitet wurde die Zusammenkunft von Malve Slocum Burns.

Teilnehmer waren Germanisten aus der DDR, der Bundesrepublik und aus den USA.

Nach meiner Erinnerung nahmen aus der DDR Frank Hörnigk, Therese Hörnigk und Rainer Rosenberg, aus der Bundesrepublik Wolfgang Emmerich, Manfred Jäger, Christel und Heinz Blumensath teil.

Teilnehmer aus den USA waren nach meiner Erinnerung Marc Rectanus, Angelika Bammer, Margy Gerber, Volker Gransow, Patricia Herminghouse und Peter Uwe Hohendahl.

Ich war eingeladen, opening remarks vorzutragen.

Ich sagte unter anderem:

«Was ist das, die DDR-Literatur? Ist es ein wahres Wort, daß sich seit der ersten Hälfte der sechziger Jahre die sozialistische Nationalliteratur der DDR entfaltet? So lehrt es der 11. Band der ‹Geschichte der deutschen Literatur›, der 1977 in Ostberlin erschienen ist und den Untertitel ‹Literatur der Deutschen Demokratischen Republik› trägt.

Ist es ein wahres Wort, daß sich in der DDR seit den sechziger Jahren die grundlegenden Merkmale einer sozialistischen Nation auszuprägen begannen?

Auch das lehrt dieser 11. Band.

Oder ist das Wort von der sozialistischen Nation in der DDR, die neben einer zweiten deutschen Nation in der Bundesrepublik existiere, bloß ein zweckbestimmter propagandistischer Hokuspokus? Und ist also das Wort von der sozialistischen Nationalliteratur der DDR auch nichts anderes?



In der DDR verfügen die Herrschenden über ein umfassendes Zensursystem.

Eine erhebliche Arbeit an der Sache der Literatur leistet der Staatssicherheitsdienst durch Hilfe bei der Beseitigung oder bei der Zusammenstellung von Manuskripten.

Da gibt es auch die Literaturwissenschaft und die Literaturkritik.

Was haben die Literaturwissenschaftler und Kritiker nicht alles geschrieben, um die Vorschriften für die Literatur unter die Leute zu bringen.»

Ich nahm nach meinen opening remarks den Platz neben Malve Slocum Burns ein.

Frau Burns zischte, ich hätte die ganze Konferenz in Gefahr gebracht. Womöglich reise die DDR-Delegation jetzt ab.

Ich sagte:

«Die reisen nicht ab. Die sind froh, einmal in Amerika zu sein.»

Frau Burns trat ans Rednerpult. Sie sagte, sie habe sich

andere opening remarks vorgestellt und eröffnete die Konferenz.

Bei dem anschließenden Umtrunk war ich isoliert.

Die Teilnehmer standen beisammen, ich stand in einer Ecke allein.



Ich hatte das wohlwollende Einvernehmen gestört, das die Tagung nach den Vorstellungen der Veranstalter prägen sollte.

An einem Nachmittag beim Spaziergang in Washington traf ich auf die DDR-Teilnehmer. Sie wollten einkaufen gehen und fragten mich, ob ich Lust hätte, mitzukommen.

«Ich muß nichts einkaufen», sagte ich.

Am nächsten Tag begann die Konferenz mit working papers von Manfred Jäger und anderen.

In einer Pause herrschte Therese Hörnigk mich an. Ich kannte sie aus der DDR, als sie noch mit Hans Bunge verheiratet war.

Bunge (1919–1990) hatte nach Arbeitsdienst, Wehrpflicht und sechsjähriger sowjetischer Kriegsgefangenschaft (1943–1949) in Greifswald Germanistik und Kunstgeschichte studiert und war seit 1953 Regieassistent Brechts am Berliner Ensemble. Nach Brechts Tod 1956 baute er das Brecht-Archiv auf und bereitete eine historisch-kritische Brecht-Ausgabe vor. Ab 1962 war er Mitarbeiter der Ostberliner Akademie der Künste – und wurde 1965 aus politischen Gründen entlassen. Seit 1968 war er Regisseur am Volkstheater Rostock. Im Januar 1971 verpflichtete er sich, als Inoffizieller Mitarbeiter (IM) für die Stasi zu arbeiten. Sein Deckname: Hans.

Weithin bekannt wurde er durch seine Gespräche mit Hanns Eisler über Brecht («Fragen Sie mehr über Brecht. Hanns Eisler im Gespräch.» München 1972).

Bunge hatte eine geräumige Wohnung in einem hinteren Gebäude der Hackeschen Höfe im Ostberliner Bezirk Mitte. Wir besuchten ihn öfter. Man mußte durch schlecht beleuchtete Höfe, vorbei an Mülltonnen, Sperrmüll, durch Pfützen. 

Die Abende bei Bunge waren geschätzt. Er hatte Schriftsteller, Schauspieler und Politiker zu Gast. Einmal feierten wir bei ihm Silvester. An diesem Abend sagte ein Schauspieler vom Deutschen Theater zu mir:

«Wissen Sie, was ein Schauspieler ist? Ein formbares Stück Scheiße.»

In Washington sagte Therese Hörnigk nach meiner Erinnerung zu mir, wenn man mich gehört habe, müsse man glauben, sie, die Delegation, seien alle Stasi-Spitzel.

Ich sagte, das habe sie jetzt gesagt. Ich hätte das nicht gesagt.

In einem Tagungsbericht im amerikanischen GDR-Bulletin hatten Patricia Herminghouse und Peter Uwe Hohendahl damals geschrieben, trotz opening remarks, die versuchten, das Element der Konfrontation einzuführen, sei die Konferenz harmonisch verlaufen.

Nach der Wiedervereinigung Deutschlands besuchte mich Malve Slocum Burns in Westberlin.

Sie sagte, sie komme von Hörnigks in Ostberlin. Sie seien so glücklich, daß es die DDR nicht mehr gebe. Und in Washington – ich hätte ja so recht gehabt.

# Jürgen Fuchs in memoriam



Jürgens Seele war groß, stark – ungebrochen. Die Diktatur konnte seine Seele nie überwältigen. Eine gebrochene Seele hätte die Kraft der wahrhaftigen Erinnerung, von der Jürgens Bücher zeugen, nicht aufbringen können.

Aber Jürgens Körper wurde zerbrochen. Und es bleibt der Verdacht, daß Jürgen ein Opfer radioaktiver Bestrahlung geworden ist, der er im Stasi-Gefängnis verbrecherisch ausgesetzt wurde.

Jürgen war ein Helfer in Not. Er hat mir geholfen, aus einer langen Krankheit herauszufinden. Jürgen war stärker als ich, und er war ein brüderlicher Freund. Er war ein Samariter.

Jürgen besaß einen unbändigen Drang nach Freiheit und Demokratie. Er war oft hellsichtiger als ich, und er war ein geduldiger Freund. Jürgen war mir ein Lehrer im Fach Politische Klarsicht.

Jürgen war ein mutiger, unbestechlicher Streiter gegen die Diktatur, gegen Lüge und Verrat, gegen das Vergessen. Er war ein Soldat der Wahrheit.

Jürgen hat mit der Kraft mehrerer Leben gelebt.

Es gibt für mich keinen anderen Trost als den, Jürgen gekannt zu haben.

# Max Frisch



12. November 1976. Wir warteten am S-Bahnhof Friedrichstraße auf Max Frisch. Es war verabredet worden, gemeinsam in unserem Auto, einem Lada, zum Haus von Günter und Marianne Kunert nach Berlin-Buch zu fahren, zu einem der Treffen ost- und westdeutscher Schriftsteller, die seit 1974 in regelmäßigen Abständen stattfanden.

Die verabredete Zeit war längst vorbei. Ich dachte, er werde nicht kommen.

Dann kam Max Frisch doch, in der Hand eine Tasche mit Büchern.

Er sagte:

«Die Grenzkontrolle: Der Paß. Wohin? Zu wem?

Ich sagte: Zu Freunden.

Der Grenzer sagte: Was ham Se da in der Tasche.

Ich sagte: Bücher.

Der Grenzer sagte: Druckerzeugnisse in die DDR einzuführen, is verboten.

Ich sagte: Die Bücher sind ein Geschenk.

Der Grenzer sagte: Haben Se nich gehört. Es is verboten.

Ich sagte: Die Bücher habe ich selbst geschrieben. Da steht mein Name drauf. Die Bücher sind auch in der DDR erschienen.

Der Grenzer sagte: Ach so. Dann sin Se wohl so 'ne Art Schriftsteller.»

# «Ich hab keinen hängen sehen»

Leslie Bodi wurde 1922 in Budapest als Laszlo Bodi geboren. 

Nach dem II. Weltkrieg studierte er Germanistik und Anglistik in Budapest und Wien und promovierte an der Budapester Universität. Dort arbeitete er mehrere Jahre als Assistent.

Im Herbst 1956 gehörte Bodi zu den revolutionären Aufständischen, die gegen das stalinistische Regime kämpften.

Ich lernte Bodi und seine Frau Marianne in Westberlin kennen. Er hielt dort an der Freien Universität Vorträge. 1977 war sein Buch «Tauwetter in Wien. Zur Prosa der österreichischen Aufklärung 1781–1795» bei S. Fischer in Frankfurt/M. erschienen, das als Standardwerk gilt.

Wir gingen in Westberlin gerne in Restaurants, wo es ungarischen Gulasch gab.

Er fragte mich:

«Waren Sie schon einmal in Ungarn?»

«Ja», sagte ich.

Bodi sagte:

«Seit Herbst 1956 war ich nie wieder in Ungarn. Nach der Niederschlagung des Aufstandes gab es Tausende von Hinrichtungen. Ich mußte fliehen. Wir konnten mit unserer Tochter nach Österreich entkommen. Wir gingen nach Australien. Möglichst weit weg.»

In Australien unterrichtete Bodi von 1957–1959 an der

Melbourne Grammar School und anschließend am University College in New Castle, New South Wales.

Ich sagte:

«Im Herbst 56 war ich Student in Leipzig. Dort hörte ich von dem Aufstand in Ungarn. Die DDR-Propaganda sprach von einem faschistischen Putsch.



Aber das kannte ich schon.

Der Arbeiter-Aufstand vom 17. Juni 53 war von der Propaganda auch faschistischer Putsch genannt worden.»

1961 kehrte Bodi nach Melbourne zurück und wurde Dozent an der Monash University.

1963 war er Gründungsdirektor des German Department der Monash University; er blieb Direktor des Department bis zu seiner Emeritierung 1987.

Auf meiner Reise durch Australien im Jahr 1990 sah ich Leslie Bodi in Melbourne wieder.

Ich sagte:

«In der DDR hat es eine Revolution gegeben.»

Bodi sagte:

«‹Revolution› sagen Sie? Ich hab keinen hängen sehen. Das haben wir im Herbst 56 anders gemacht.»

# Protokoll

Nachdem ich mich jahrelang bemüht hatte, meine Erzählungen in einem Verlag der DDR zu veröffentlichen, erschien im August 1977 ohne Genehmigung der DDR mein erstes Buch «Versuchte Nähe» durch Vermittlung von Günter Grass im Rowohlt Verlag, worauf ich auf einer Zusammenkunft der Vertreter aller DDR-Verlage am 2. September 1977 der psychologischen Kriegsführung gegen die DDR bezichtigt wurde.



Da ich für meine schriftstellerische Arbeit in der DDR keine Zukunft sah, stellte ich für mich und meine Familie am 4.9.1977 in einem Brief an den Generalsekretär der SED und Vorsitzenden des Staatsrates der DDR, Erich Honecker, den Antrag auf Ausreise aus der DDR.

Am 19. September 1977, zwei Wochen nach meinem Antrag auf Ausreise, verkündete jemand auf der Mitgliederversammlung der Berliner Abteilung des DDR-Schriftstellerverbandes, mein Buch erfülle den Tatbestand der «staatsfeindlichen Hetze», auf die nach § 106 des Strafgesetzbuches der DDR bis zu zehn Jahren Freiheitsstrafe stand.

Am 21.9.1977 wiederholte ich in einem Schreiben an Minister des Innern, Friedrich Dickel, meinen Wunsch auf Ausreise, der, wie die Stasiunterlagen ergeben, am 26.9.1977 mit entsprechenden Bemerkungen weitergeleitet und von dem mir am 27.9.1977 Mitteilung gemacht wurde.

Am 28.9.1977 wurde ich zum 29.9.1977 ins Rathaus Köpenick bestellt, wo mir «eindeutig und unmißverständlich» erklärt wurde, daß meinem Ersuchen auf Ausreise nicht stattgegeben wurde.

Da das MfS vorgeschlagen hatte, gegen mich wegen Landesverrates zu ermitteln, besuchte ich mit Ute Gruner, der Lebensgefährtin von Günter Grass, noch am selben Tag den Ständigen Vertreter der Bundesrepublik in der DDR, Günter Gaus. Er sagte mir Hilfe zu und kündigte an, daß er den DDR-Rechtsanwalt Wolfgang Vogel mit meiner Sache bemühen wolle.

Am 10. Oktober hatte ich die erste Zusammenkunft in der Kanzlei von Vogel in der Reilerstraße 4 in Berlin-Lichtenberg.

Am 11. Oktober unterrichtete ich Günter Gaus über meinen Besuch bei Vogel.

Am 7.11. sagte mir Vogel bei meinem nächsten Besuch, die Sache sei noch nicht entschieden. Davon setzte ich Günter Gaus in Kenntnis.

Weitere Besuche bei Vogel erfolgten am 17. und 21.11., bei dem er mir dem Sinne nach Mitteilung machte, meine Angelegenheit würde vom Politbüro entschieden, es gäbe zwei Lager, das eine sei für eine Gefängnisstrafe, das andere für Ausreise, es müsse noch einer auf die andere Seite gezogen werden.

Am 1. Dezember 1977 erfolgte ein Anruf von Gaus. Er sagte, er könne unverbindlich mitteilen, daß eine positive Lösung in Aussicht stünde.

Ebenfalls am 1. Dezember kam ein Anruf von Vogel, ich

solle ihn am 2. Dezember unter seiner Privatnummer anrufen.

Am 2. 12., 10. 45 rief ich Vogel an. Er sagte, ich bekäme in den nächsten Tagen einen positiven Bescheid.

Am selben Trag, 10. 50 bekam ich einen Anruf von der Abteilung Innere Angelegenheiten des Stadtbezirkes Köpenick. Ich solle sofort mit meiner Frau in das Zimmer 207 kommen.



Gegen 11. 30 trafen wir in der Behörde ein, wo uns mitgeteilt wurde, diesmal sei der Ausreiseantrag genehmigt worden. Wir erhielten die Anträge auf Übersiedlung und die Anträge auf Entlassung aus der Staatsbürgerschaft der DDR, die wir vor Ort ausfüllten.

Am Nachmittag des 2. Dezember war ich nochmals zu Gaus gegangen, um ihn zu unterrichten, dasselbe erzählte ich am Abend Vogel.

Am 3. Dezember 1977 suchte ich Vogel ein letztes Mal in seiner Kanzlei auf. Vogel verkündete nicht ohne gewissen Stolz, meine Angelegenheit sei an allerhöchster Stelle entschieden worden. Auf seine Frage, wo wir ansässig werden wollten, sagte ich, in der Hamburger Gegend, worauf er sagte, da sei er öfter. Vielleicht sähe man sich mal wieder.

Schließlich forderte er mich auf, über die Umstände meiner Ausreisegenehmigung Stillschweigen zu bewahren.

Bis zum Ende der DDR habe ich nur privat darüber gesprochen, nie öffentlich.

Vogel habe ich nie wiedergesehen.

## Boy loves girl?

38 Jurek Becker hatte eine kleine Gesellschaft in sein Haus in Berlin-Mahlsdorf geladen.

In der Mitte des Raums thronte Stefan Heym auf einem Sessel.

Heym wußte von Becker, daß mein Buch «Versuchte Nähe» im Westen erschienen war. Und er wußte, daß ich einen Ausreiseantrag gestellt hatte.

Er sagte zu mir:

«Was wollen Sie im Westen. Sie kennen sich nicht aus. Worüber wollen Sie dort schreiben. Boy loves girl?»

# Sarah Kirsch

In Berlin-Wilhelmshagen war Bernd Jentzsch unser Nachbar. Bei ihm bin ich Sarah Kirsch zum ersten Mal persönlich begegnet. 

Es muß zu einer ungelegenen Zeit gewesen sein, als ich bei Jentzsch hineinschneite. Sarah Kirsch saß am Fenster, ich setzte mich am anderen Zimmerende nieder, und Bernd Jentzsch saß in der Mitte.

Ich hatte den Eindruck, Sarah Kirsch und Bernd hätten gerade über ein menschenerschütterndes Ereignis ratlos gesprochen.

Ich weiß nicht mehr, ob das 1972 oder 1973 war, aber Sarah Kirsch war für mich eine Größe, und ich war für sie ein Unbekannt mit einem seltsamen Namen.

Einen gewissen Namen muß ich mir bei ihr seit 1974 gemacht haben: bei den privaten ostwestlichen Schriftstellertreffen, von denen ich keines ausgelassen und bei denen ich allemal eine unveröffentlichte Erzählung vorgelesen habe.

«Westen» ist weit gefaßt: Es kamen auch Westler aus Österreich und aus der Schweiz und Aras Ören.

Das war natürlich keine einfache Unternehmung mitten im Stasi-Reich. Da mußten telefonisch Termine vereinbart und Namen genannt werden und Wohnungen, in denen man sich ungestört treffen konnte.

In Westberlin hielt Günter Grass die Fäden in der Hand. In Ostberlin waren es Sarah Kirsch und Bernd Jentzsch.

Bei zehn solcher Zusammenkünfte habe ich Sarah Kirsch getroffen.

Das dritte der ostwestlichen Treffen fand am 6. Dezember 1974 bei Sarah Kirsch statt, in jenem erschreckenden Hochhaus auf der Fischerinsel, und auch das siebente, am 27. Februar 1976.

Erschreckend war dieses Hochhaus wegen des starken Schnüffler- und Wanzenbefalls. Von 1976 stammt Sarahs Gedicht «Das Hochhaus»:

«Ein Porzellantiger auf der Konsole der
Diamantene Tränen vergießt. Es klingelt
Und vor der Tür steht der Angeber aus dem
Achtzehnten Stock und beschwert sich
Daß ich die ganze Nacht Chopin gespielt habe.
Als er jetzt meinen Tiger sieht dieses
Lächelnde Schweigen die rollenden Tränen
Entfernt er sich schnell. Damit
Hatte er nicht gerechnet und ich
Ziehe fort aus dem Haus der Stadt dem Land
Und vielleicht noch weiter für immer.»

Am 13. November 1976 hatte Wolf Biermann auf Einladung der IG Metall in Köln ein Konzert gegeben. Drei Tage später wurde Biermann die DDR-Staatsbürgerschaft entzogen, und am 17. November konnte man den Ausbürgerungsbeschluß in der SED-Zeitung «Neues Deutschland» lesen.

Selbigen Tags protestierten zwölf DDR-Schriftsteller in

einem offenen Brief gegen die Biermann-Ausbürgerung. Der Brief trägt an erster Stelle die Unterschrift von Sarah Kirsch.

Am 18. November, in der Wohnung von Sarah Kirsch, habe ich, zusammen mit Kurt Bartsch, auch einen Platz auf der Unterschriftenliste gefunden.



Sarahs liebreiche Hochhaus-Nachbarn gaben auf Wandtafeln in den Hausfluren anonym kund, wie verhaßt ihnen die Hausbewohnerin sei.

Sarah Kirsch wurde von der SED-Mitgliederliste gestrichen. Am 20. Dezember 1976 wurde sie aus dem Vorstand der Berliner Sektion des DDR-Schriftstellerverbandes ausgeschlossen.

Heute kann sich kaum noch jemand vorstellen, daß die Lage gefährlich war. Die Stasi schlug um sich, und niemand wußte, vor wem sie nicht haltmachte.

In dieser Zeit und später erschien mir Sarah unangreifbar. Sie besaß eine Sicherheit, die wie selbstverständlich wirkte, obwohl sie es doch nicht sein konnte. Diese Sicherheit rührte von einer inneren Autonomie her, die haushoch über den dummen Sprüchen der Politbürokraten und über dem Terror der Geheimpolizei stand, und sie übertrug sich auf andere, zum Beispiel auf mich.

Im Frühjahr 1977 war ich von einigen DDR-Verlagen endgültig darüber belehrt, daß meine Erzählungen dortselbst nicht gedruckt werden würden. 1996 hat Sarah Kirsch in Göttingen gesagt, ich sei ein Autor, «dem es in diesem Ländchen ehemals ... nicht gelang, ein einziges Buch nur herauszubringen ... ein Meisterstück ...»

Das letzte ostwestliche Schriftstellertreffen, an dem sie teilgenommen hatte, fand am 5. August 1977 in unserer Wohnung in der Köpenicker Rotkäppchenstraße statt. Es war ein wenig eng für die 24 Leute, die im Wohnzimmer saßen. Sarah Kirsch sagte an diesem Tag, daß ihr Ausreiseantrag, den sie am 25. Juli, vormittags 10 Uhr, im ZK der SED abgegeben hätte, am 26. Juli, 9 Uhr vormittags, genehmigt worden sei. 23 Tage später, am 28. August, zog Sarah mit ihrem Sohn Moritz nach Westberlin.

Es gibt ein Foto, das Roger Melis kurz vor Sarahs Abreise in ihrer Wohnung gemacht hat: Sarah auf einem Stapel russischer Kisten der Firma VEB DEUTRANS vor ausgeleerten Bücherregalen, in Kopfhöhe ein Strauß getrockneter Blumen, der von der Zimmerdecke hängt, auf der Kiste die Aufschrift, in Russisch: ‹Export DDR, Kontrakt 2703/3070, Partie 49, Platz 91/108, brutto 60 Kg›, das war das Schlußbild.

In Deutschland, wie ich die Bundesrepublik stets doch nannte im Unterschied zur Zone, welches der gängige Name für die DDR blieb, ging es Sarah besser. «Das Ländchen», schrieb Sarah 1994, «es hat mich geknebelt und schikaniert. Ich kann alles bloß in die Entfernung rücken und mich immer wieder beglückwünschen, daß ich mit Moses entkam.»

Im Februar 1992 beschloß die Westberliner Akademie der Künste, sich mit der Ostberliner Akademie zusammenzutun «Im Interesse der Vereinigung der Deutschen, als Beitrag zur deutschen Einheit» – so oder ähnlich klang die Begründung. Und im Herbst 1992 wählte die vereinigte

Akademie Sarah Kirsch zu ihrem Mitglied. Aber Sarah Kirsch lehnte die Wahl mit der Begründung ab, die Akademie sei «in absehbarer Zukunft eine Schlupfbude für ehemalige Staatsdichter und Zuträger der Staatssicherheit.»

Ein Inoffizieller Stasi-Mitarbeiter, der den Decknamen «Schäfer» trug – das war mein Bruder Karlheinz –, hatte sein Unwesen in Sarahs Umgebung und in meiner allernächsten Nähe getrieben. Ich war von dieser Einsicht wie betäubt.



Sarah Kirsch schickte mir unterm 28. Januar 1992 ein Gedicht und schrieb dazu:

«Dieser Text hier aus meinem 1. Gedichtband fiel mir im Zusammenhang mit unserem IMB ‹Schäfer› ein.»

Das Gedicht heißt «Aufforderung»:

«Denk nach Bruder und zähle dein Geld
Kauf einen schillernden Hahn verrate mich sag
Ich könnte Fische verstehen wüsste wie Gras wächst
Auf bitterer Erde erstorbener Dörfer, aber
Du hast es gesehen ich verriegle
Abends die Türen vertraue dir nicht und keinem
Computer
Hab einen steifen Rücken ein Maultier das störrisch ist
Noch im Kleefeld nicht frißt manchmal
Die Peitsche nimmt aber verdorben ist seit diesem Tag
Sag Bruder dass du mein Bruder nicht bist
Dass deine Fingerabdrücke den meinen fremd sind
verwahr dich
Und deine zahlreiche Sippe wenn sie dir lieb ist gegen
Mein einfältiges Schweigen.»

Jemandem gleichgestimmt und gleichgesinnt geneigt sein, mit jemandem Freud und Leid anhänglich teilen, das ist Freundschaft.

Sich zugunsten von jemandem sorgen, das ist Fürsorge.

Freundschaftlich und fürsorglich – das war Sarah.

# Langer Weg

Bernd Jentzsch, geboren 1940, Lyriker und Erzähler, war in den frühen siebziger Jahren unser Nachbar in Berlin-Wilhelmshagen (Ostberlin). Er wohnte in der Lassallestraße, wir wohnten in der Frankenbergstraße. 

Jentzsch arbeitete bis 1974 als Lektor im Verlag Neues Leben. Ich arbeitete als Germanist an der Akademie der Wissenschaften.

Als Lektor und Herausgeber des «Poesiealbums» durfte Jentzsch zu Recherchen nach Westberlin fahren. Bei dieser Gelegenheit besuchte er Günter Grass und bat ihn um einen Besuch in Berlin-Wilhelmshagen, um in der Wohnung in der Lassallestraße mit ostdeutschen Schriftstellern zusammenzutreffen.

Grass kam. Er schlug der Runde vor, in Ostberlin private ost-westdeutsche Schriftsteller-Treffen zu veranstalten, bei denen neue Texte gelesen und diskutiert werden sollten.

Jentzsch rief mich und Krista dazu und stellte mich als Germanisten vor. Grass machte mir den Vorschlag, auf dem ersten Treffen über den deutschen Sprachgebrauch in Ost und West zu sprechen.

Das erste Treffen fand am 1. Mai 1974 bei Jentzsch statt. Aus dem Westen waren Nicolas Born, Hans Christoph Buch, Günter Grass und Uwe Johnson gekommen, aus dem Osten Heinz Czechowski, Karl Mickel und ich. Als Gäste nahmen Krista Maria Schädlich und Sibylle Hentschke teil.

Außer einem kurzen Referat hatte ich zwei Erzähltexte eingesteckt. Ich war unsicher, ob ich die Erzähltexte vorlesen sollte.

Als ich an die Reihe kam, las ich, ermutigt durch Krista, die Texte «Lebenszeichen» und «Unter den achtzehn Türmen der Maria vor dem Teyn».



Krista hat notiert, daß Johnson sagte:

«Uns war ein Referat über Deutsch in Ost und West angekündigt worden. Stattdessen jetzt diese Texte. Sie sind mit einer solchen Sorgfalt geschrieben, also diesen Luxus können wir uns in der Bundesrepublik nicht leisten, leider.» Etwas später sagte Johnson zu mir:

«Ich erwarte in einem Jahr ein Buch von Ihnen.»

Daran war freilich nicht zu denken.

Durch Jentzschs Vermittlung hatte ich 1971 Kontakt zum Rostocker Hinstorff Verlag und dessen Cheflektor Kurt Batt gefunden. Jentzsch schickte ihm zweimal Texte von mir, und ich selbst habe Batt Texte geschickt. Aber zu einer Veröffentlichung kam es nicht.

Bernd Jentzsch schrieb mir später:

«Kurt Batt bedeutete mir, nachdem er Deine Texte gelesen hatte, daß es eine politische Zumutung meinerseits sei, ihm so etwas zu zeigen und für den Druck vorzuschlagen. Schließlich ... verbot er mir, ihm Texte von Dir zu schikken ... Er hatte das Gefühl ..., ich beschädigte mit Deinen Texten den Stuhl, auf dem er saß, wissentlich.»

1975 starb Kurt Batt. Der Leiter des Hinstorff Verlages, Konrad Reich, und sein neuer Cheflektor, Horst Simon (IM «Schönberg»), baten mich zu einem Gespräch am

11. März 1976. Reich und Simon empfahlen mir einen neuen Schreibansatz.

Um einen Blick für die Wirklichkeit der DDR zu gewinnen, legte Reich mir den Besuch eines Bergwerks oder Arbeit auf einem Mähdrescher nahe.

Das war das Ende der Beziehung zum Hinstorff Verlag.



Günter Kunert vermittelte mir die Verbindung zum Eulenspiegel Verlag.

Eine Zusammenarbeit kam letzten Endes nicht zustande. Es wurde mir mitgeteilt, ich sei wegen meines Protests gegen die Biermann-Ausbürgerung «nicht förderungswürdig».

Meine jahrelangen Versuche, in der DDR einen Band mit Erzählungen zu veröffentlichen, waren gescheitert.

Günter Grass bewog mich, das Buch in der Bundesrepublik herauszubringen.

Sarah Kirsch bat ihre Freundin Christel Sudau, akkreditierte Korrespondentin der Frankfurter Rundschau in Ostberlin, mein Manuskript nach Westberlin zu bringen. (Die akkreditierten Westjournalisten wurden am Grenzübergang Checkpoint Charlie nicht kontrolliert.)

Christel Sudau brachte das Manuskript zu Günter Grass.

Grass gab es dem Luchterhand Verlag, seinem damaligen Hausverlag. Der Chef des Luchterhand Verlags, Hans Altenhein, lehnte mit der Begründung ab, die Veröffentlichung würde die Lizenzgeschäfte des Verlags mit DDR-Verlagen gefährden. Nun schickte Grass das Manuskript an den Rowohlt Verlag. Der Cheflektor Jürgen Manthey nahm das Manuskript an.

Der Verlagschef Matthias Wegner kam mit einem Vertrag zu mir nach Ostberlin.

Im August 1977 legte der Rowohlt Verlag den Prosaband «Versuchte Nähe» vor, mit einer Umschlagzeichnung von Grass.



Christel Sudau brachte mir ein Exemplar.

Auf einer Mitgliederversammlung des DDR-Schriftstellerverbandes/Berlin am 19. September 1977, von der Klaus Schlesinger mir berichtete, sagte die Germanistin Anneliese Löffler (IMS Dölbl), das Buch «Versuchte Nähe» erfülle den Tatbestand der Staatsverleumdung und Antisowjethetze. (Staatsverleumdung oder staatsfeindliche Hetze konnte nach Paragraph 106 des DDR-Strafgesetzbuches mit einer Freiheitsstrafe bis zu 10 Jahren bestraft werden.)

Der Schriftsteller Paul Wiens (IM) sagte auf der Mitgliederversammlung, «Versuchte Nähe» sei ein feindliches Buch. Es sei nur der Großzügigkeit der Staatsorgane zuzuschreiben, daß ich noch auf freiem Fuße sei.

Ich wollte kein Märtyrer sein und stellte für mich und meine Familie einen Ausreiseantrag.

Der Antrag wurde am 29. September 1977 abgelehnt, am 2. Dezember 1977 genehmigt.

# Fehlerfrei

Landesoberschule Templin in der Uckermark. 

Dr. Wilhelm Martens (1886–1973), der schon am Joachimsthalschen Gymnasium unterrichtet hatte, war in meiner Erinnerung ein gütiger Lehrer.

In Templin gab er Erdkunde-Unterricht. Öfter ließ er kleine Prüfungsarbeiten mit fünf, sechs Fragen schreiben. Wer keine Frage beantworten konnte, bekam eine gute Note.

«Er hat keine Fehler gemacht», sagte Dr. Martens.

# Ein weites Feld



Günter Grass habe ich Anfang 1974 bei Bernd Jentzsch in Ostberlin (Wilhelmshagen) kennengelernt. Das zweite Mal begegnete ich ihm bei dem ersten ost-westdeutschen Schriftstellertreffen am 1. Mai 1974, das bei Bernd Jentzsch stattfand.

Von da an besuchte uns Grass in unserer Ostberliner Wohnung in Köpenick, Rotkäppchenstraße 5.

Er kam mit Anna, seiner ersten Frau, er kam mit seinem Zwillingssohn Franz, er kam mit Veronika Schröter.

Während er an seinem Roman «Der Butt» arbeitete – der Roman ist wie eine Schwangerschaft in neun Monate gegliedert –, trennte sich Veronika Schröter von ihm. Empört sagte er zu uns:

«Im siebten Monat hat sie mir den Stuhl unterm Hintern weggerissen.»

Schließlich kam Grass mit Ute Gruner. Krista sagte mir später, sie habe gleich geahnt, daß sie diese Frau kenne.

Es stellte sich heraus: Ute Gruner ist die Tochter des Inselarztes von Hiddensee Dr. Erhardt, der mit seiner Familie «in den Westen abgehauen» war. Krista hatte als Kind jeden Sommer mit ihren Eltern auf Hiddensee verbracht.

Ute Gruner sagte:

«Dann sind Sie das kleine Mädchen, das jedes Jahr zu Besuch kam und einen Knicks machte.»

Grass sagte zu mir:

«Jetzt haben wir nichts mehr zu melden.»

Einmal war meine Schwiegermutter aus Jena bei uns zu Gast, als Günter Grass kam. Meine Schwiegermutter kochte für uns alle, und sie kochte gut. Nach dem Essen meinte Grass: 

«Sie möchte ich zur Tante haben.»

Weil ich im November 1976 den Protestbrief gegen die Biermann-Ausbürgerung unterschrieben hatte, wurde ich aus der Akademie der Wissenschaften entlassen und bekam keine Übersetzungsaufträge mehr. Ich war ohne jede Verdienstmöglichkeit. In dieser Lage half mir Günter Grass. Er kam zu uns in die Rotkäppchenstraße in Berlin-Köpenick und gab mir 3.000,– Westmark. Er wußte, daß man im Osten die Westmark privat zum Kurs 1:6 in Ostmark umtauschen konnte. Das tat ich, und wir lebten bis zu unserer Ausreise aus der DDR vom Dissertationsstipendium meiner Frau und von diesem Geld.

Später, in der Bundesrepublik, konnte ich Grass die 3.000,– DM dank des Rowohlt-Honorars für mein Buch «Versuchte Nähe» zurückgeben.

Für mein Buch «Versuchte Nähe», erschienen im August 1977 im Rowohlt Verlag, fertigte Günter Grass eine Umschlagzeichnung und charakterisierte das Buch auf dem Rückumschlag mit den Worten: «Ich bin von der hohen Qualität der vorliegenden Texte überzeugt. Seit Uwe Johnsons erstem Buch sind nicht mehr so eindringlich, aus der Sache heraus, die Wirklichkeiten der DDR angenommen und auf literarisches Niveau umgesetzt worden.»

Als das Buch in der Bundesrepublik herauskam, lebte ich noch in der DDR. Günter Grass schrieb einen Rundbrief an bundesdeutsche Buchhandlungen und las bei seinen Lesungen aus «Der Butt» auch den Text aus meinem Buch «Unter den achtzehn Türmen der Maria vor dem Teyn».

Der Rundbrief:

«Liebe Buchhändlerinnen und Buchhändler,

Es mag ungewöhnlich sein, daß sich ein Autor so vehement für das erste Buch eines anderen Autors einsetzt, doch dafür gibt es Gründe. Hans Joachim Schädlich lebt in Ostberlin und wird aus bekannten Gründen keine Gelegenheit haben, sein Buch persönlich – sei es auf der Buchmesse, sei es mit Hilfe von öffentlichen Lesungen – zu vertreten. Da ich von der Qualität der in dem Band ‹VERSUCHTE NÄHE› gesammelten Erzählungen überzeugt bin und in Schädlich einen wichtigen Autor sehe, leiste ich gerne diesen Ersatzdienst.

Schädlichs kritische Sicht hängt sich nicht an Oberflächlichkeiten in sogenannten Symptomen auf, vielmehr analysiert er mit dem Werkzeug des Erzählers von Mal zu Mal die Praxis des Totalitarismus. Auch wenn er offensichtlich in seinem Land Anschauung gewonnen und Erfahrung gesammelt hat, lassen sich seine Erzählungen dennoch auf allgemein totalitäres Verhalten übertragen. Oft ist es nur die umständliche, alles umschreibende Untertanensprache, die ihm als Instrument ausreicht, um das Verhalten in einer geschlossenen Gesellschaft offenzulegen.

Ich weiß, Schädlichs Geschichten lesen sich oft sperrig; sie fordern vom Leser Aufmerksamkeit. Doch gerade weil dieses Buch auf die zur Zeit gängigen ‹Enthüllungen› verzichtet und sich nur auf kühle Genauigkeit verläßt, ist es für mich, im literarischen Sinn, ein sensationelles Buch.

Ich bin Ihnen dankbar, wenn Sie mir dabei helfen, für ‹VERSUCHTE NÄHE› Leser zu gewinnen.

Freundliche Grüße

Ihr Günter Grass.»

All das werde ich nie vergessen



Neun Jahre später, 1986, erschien mein Roman «Tallhover» – die fiktive Biographie eines deutschen Spitzels der Politischen Polizei, dessen Laufbahn in den vierziger Jahren des 19. Jahrhunderts beginnt und in den fünfziger Jahren des 20. Jahrhunderts scheinbar endet.

In einem Brief vom 26. November 1986 schrieb mir Günter Grass, der Schluß des Buches – «Tallhovers Ausscheiden aus dem Dienst, seine Selbstbestrafung und sein absehbares Ende» – habe ihn kritisch werden lassen. Das Buch habe ihn wegen seines Schlusses angeregt, ihm eine Erweiterung zu erfinden.

Im Januar 1994 erhielt ich in New York einen Brief von Günter Grass. Er schrieb, daß ihn das Ende Tallhovers zum Widerspruch gereizt habe. Es reize ihn nach wie vor, die Unsterblichkeit Tallhovers auf seine Weise fortzusetzen. Und jetzt sei es geschehen:

Aus Tallhover sei «im gewendeten Zustand» ein Hoftaller geworden.

Seine Formulierung vom «gewendeten Zustand» Tallhovers hatte mich hellhörig gemacht. Ich antwortete ihm am 23. Februar 1994: «Ich habe immer das Mißverständnis gefürchtet, aus der Darstellung einer solch dienlichen Figur könnte geschlossen werden, es bestehe letztlich kein Unterschied zwischen den durchlaufenen Ordnungen und ihren politischen Polizeiapparaten. Diese Befürchtung war es

auch, die mich gehindert hat, der Figur ein Fortleben in der demokratischen Ordnung der Bundesrepublik zuzuschreiben ... Es bleibt mir wichtig, den ... himmelweiten Unterschied zwischen der politischen Polizei einer diktatorischen und einer demokratischen Ordnung im Auge zu behalten.»

Grass antwortete am 9. März 1994, er wünschte, meinen hohen Glauben an die Vortrefflichkeit des westlichen demokratischen Systems teilen zu können.

Im Februar 1995 traf ich Grass und seine Frau Ute. Er teilte mir mit, das Manuskript seines neuen Romans «Ein weites Feld» sei abgeschlossen und gehe dieser Tage in den Satz. Er schlug mir vor, auf der Frankfurter Buchmesse gemeinsam vor die Presse zu treten. Er würde über seinen Roman «Ein weites Feld» und ich könnte über «Tallhover» sprechen – das würde Effekt machen.

Ich lehnte ab.

Grass sagte, er habe dem Rowohlt Verlag nahegelegt, sich in der Werbung für «Tallhover» an sein neues Buch «dranzuhängen».

Ich sagte, es sei noch zu erörtern, wer, «Tallhover» betreffend, an wem «dranhänge».

Grass meinte daraufhin, ich sei eben geschäftsuntüchtig. Ich sei noch immer derselbe blöde Ossi wie die anderen Ossis alle auch. Er habe in letzter Zeit öfter denken müssen, es sei besser gewesen, wenn ich im Osten geblieben wäre. Ich hätte im Osten weiterschreiben und im Westen publizieren können. Dann hätte ich mehr Erfolg gehabt.

Ich äußerte den Wunsch, er möge in seinem Buch auf «Tallhover» und auf den Rowohlt Verlag verweisen. Grass hielt eine solche Notiz für überflüssig. 

Schließlich aber teilte mir der Rowohlt Verlag im Mai 1995 mit, die Bemerkung am Ende des Buches «Ein weites Feld» von Günter Grass laute:

«Die Gestalt des Tallhover, die in dem vorliegenden Roman als Hoftaller fortlebt, entstammt dem 1986 bei Rowohlt/Reinbek erschienenen Roman ‹Tallhover› von Hans Joachim Schädlich.»

Einige Zeit vor dem Erscheinen von «Ein weites Feld», im Juli 1995, schrieb ich nach der Lektüre eines Lese-Exemplars unter anderem an Grass:

«Die Tatsache, daß der Untergang der DDR ein Untergang der kommunistischen Diktatur war und daß mit der Einheit Deutschlands die Entwicklung der parlamentarischen Demokratie auch im östlichen Landesteil möglich wurde, fällt unter Deinem Blickwinkel aus der Betrachtung heraus …

Da ist es kein Wunder …, daß Du das gesamte Stasi-System regelrecht verharmlost. Du läßt Fonty sagen: ‹Was heißt hier Unrechtsstaat! Innerhalb dieser Welt der Mängel lebten wir in einer kommoden Diktatur.›

Wie ‹angenehm› diese Diktatur war, hättest Du von Leuten wissen können, die Erfahrungen mit der Stasi gemacht haben.»

Und ich schrieb:

«Du bist dem Irrtum erlegen, die Verwendung gleicher oder ähnlicher Mittel durch die Geheimpolizeien verschiedener Gesellschaftssysteme lasse den Schluß zu, diese Geheimpolizeien seien gleichzusetzen ... Die Geheimpolizeien diktatorischer Staaten dienen in der Regel der Machtsicherung alleinherrschender Parteien.»

In seiner Antwort vom 5. September 1995 schrieb Grass, meine Beurteilung seines Buches beruhe offenbar auf flüchtiger Lektüre; sie stecke voller Fehler und sei vom Vorurteil geprägt.

Die Freundschaft zwischen Grass und mir war zerbrochen.

# Rausschmiß

Anfang Juni 1977. 

Klaus Schlesinger sagte:

«Ich fahre zu Stefan Heym. Willst du mitkommen?»

Ich dachte: Warum nicht. Seine «Kreuzfahrer von heute» hatte ich schon als Oberschüler gelesen.

Ich war neugierig darauf, ihn persönlich kennenzulernen.

Wir fuhren zu Heyms Haus in Berlin-Grünau, Rabindranath-Tagore-Straße.

Für Heym war ich ein Niemand. Ein Bekannter von Schlesinger.

Es hatte sich herumgesprochen, daß Manfred Krug die Ausreise aus der DDR beantragt hatte.

Die Runde bei Heym war sich darin einig, daß Krug nicht das Recht habe, die DDR zu verlassen.

«Er verrät sein Publikum.»

«Im Westen kennt ihn keiner.»

«Wir brauchen ihn.»

Ich sagte:

«Das ist seine Sache. Es steht niemandem zu, seine Haltung zu bestimmen.»

Schlesinger kam bald zu mir und sagte leise:

«Ich hau ab. Kommst du mit?»

Was sollte ich sonst tun. Sein Auto stand vor der Tür.

Auf der Rückfahrt sagte er:

«Jemand kam zu mir: ‹Du sollst mit diesem Mann verschwinden, hat Stefan gesagt›.»

## «Für uns, die wir noch hoffen»



Am 20. November 1976 fuhren Krista und ich unangemeldet zu Robert Havemann in Grünheide, auch mit bangen Gefühlen, denn wir wußten, daß jeder Besuch von der Stasi registriert wurde.

Ich kannte Havemann von früheren Besuchen mit Renate Steinitz.

Am Tag zuvor war Jürgen Fuchs aus Havemanns Auto heraus von der Stasi verhaftet worden. Jürgen Fuchs hatte seit Juni 1975 mit seiner Frau Lilo (und Tochter Lili) in Havemanns Gartenhaus gewohnt.

Havemann begrüßte uns trotz der prekären Lage gelassen und freundlich. Seine Frau Katja stand mit der kleinen Tochter Franziska im Zimmer. Lilo Fuchs kam hinzu.

Und da waren Gerulf Pannach und Christian «Kuno» Kunert. Sie hatten zur Rockband «Renft» gehört, die 1975 verboten worden war. Davon hatten wir zwar gehört, aber was sie sangen, das kannten wir nicht.

Havemann sagte:

«Gerulf, das Beste wäre jetzt, deine Lieder zu hören.»

Gerulf Pannach setzte sich auf die Treppenstufe zum Nachbarzimmer, stimmte seine Gitarre und sang mit einer Stimme, die den kleinen Raum zu sprengen schien «Vom Rot, das brennt», «Überholen ohne einzuholen» und das «Friedenslied», das mit den Versen beginnt:

«Frieden, das ist manchmal, die Angst davor, daß die Ruh nächtlich trübt, daß es klingelt in der Frühe, Frieden, das ist manchmal, die Angst davor.»

Stille. Diese Verse gingen uns an.

Wir wollten noch mehr hören, und so sang er noch mit Christian «Kuno» Kunert zusammen «Für uns, die wir noch hoffen».

Spät in der Nacht brachten wir Gerulf Pannach und Christian Kunert in unserem Auto zum S-Bahnhof Friedrichshagen und verabschiedeten sie mit dem Gefühl großer Dankbarkeit.

Am nächsten Tag, 21. November 1976, wurden sie in Ostberlin von der Stasi verhaftet.

Nach neun Monaten Haft im Stasi-Gefängnis Hohenschönhausen wurden Jürgen Fuchs, Gerulf Pannach und Christian Kunert nach Westberlin abgeschoben.

# New York 1993, Fische angeln

Kürzlich hatte ich das Bedürfnis, gemeinnützig zu sein. 

Ich ging gerade am Ufer eines Flusses entlang. Es standen Männer am Ufer, die nach Fischen angelten. Angesichts des Unrats, der auf dem Wasser schwamm (Papierfetzen, Blechdosen, Öllachen, tote Fische), fühlte ich mich zu dem Ausruf berechtigt:

«Leute! Die Fische, die Ihr fangt, sind für den menschlichen Verzehr gänzlich ungeeignet!»

Die Männer beachteten meine Worte nicht. Sie machten sich nicht einmal über mich lustig.

Darauf hin ließ ich das Bedürfnis nach Gemeinnützigkeit verebben.

# Wohnungssuche



Nach unserer Ausreise aus der DDR am 10. Dezember 1977 erreichten wir in der Nacht zum 11. Dezember das schleswig-holsteinische Dorf Wewelsfleth. Dort zogen wir in das Haus von Günter Grass, Dorfstraße. 3, das Grass uns für einige Zeit überlassen hatte. Es war unsere erste Bleibe in der Bundesrepublik.

Unsere Nachbarn waren Peter und Mechthild Dietrich, die mit ihren Kindern im Alten Fährhaus wohnten.

Peter Dietrich war der Geschäftsführer der Hamburg Port Consulting GmbH.

Er fuhr jeden Tag nach Hamburg und nahm mich manchmal mit.

Im Rahmen des Künstlerprogramms der Stadt Hamburg wurde mir und meiner Familie mietfrei eine 3-Zimmer-Wohnung am Nagelsweg, Stadtteil St. Georg, zur Verfügung gestellt, und ich erhielt für zwei Jahre ein Stipendium.

Der Erste Bürgermeister von Hamburg, Hans Ulrich Klose, empfing mich im Rathaus und überreichte mir die Urkunde.

Meine vierjährige Tochter Anna ging in den Kindergarten gegenüber vom Haus am Nagelsweg, und meine zwölfjährige Tochter Susanne besuchte das Kloster-Gymnasium am Berliner Tor.

Ganz in der Nähe des Hauses, am unteren Ende des

Nagelsweges, befand sich eine Baustelle der S-Bahn. Tag und Nacht erscholl der unerträgliche Lärm der Dampframme und der Schotterstampfmaschine.

Deshalb suchten wir bald nach einer eigenen Wohnung. Unser gesamtes Umzugsgut war in einem Lager der Fa. Kühne + Nagel untergestellt. Gern hätten wir unsere Möbel wieder um uns gehabt. 

Wir erfuhren von einer Wohnung in Wandsbek. Die Vermieterin wollte zu ihrem Lebensgefährten nach Wien ziehen, und sie hatte von mir, dem Schriftsteller aus dem Osten, gehört.

Das Haus, eine Villa, lag in einer ruhigen Straße, die an ein Wäldchen grenzte. Die untere Etage war an einen Steuerberater vermietet, der sein Büro um 17 Uhr verließ und an den Wochenenden nicht kam.

Meine Frau war von der Wohnung in der oberen Etage entzückt. Einen solchen Luxus hatte sie noch nie gesehen. Die Wände trugen Seidentapeten, im Bad gab es zwei Waschbecken, Badewanne, Extradusche.

Der Mietpreis von 850,– Mark für Hamburger Verhältnisse billig.

Ich jedoch konnte mich damit nicht abfinden; schließlich hatten wir für unsere 3-Zimmer-Wohnung in Ostberlin nur 93,– Ostmark bezahlt.

Kurz und gut: Ich sagte telefonisch ab.

Ich höre noch die Stimme der Vermieterin:

«Das werden Sie bereuen. So etwas Günstiges bekommen Sie nie wieder.»

Nicolas Born sagte:

«Bist du wahnsinnig? So etwas auszuschlagen bei dem Hamburger Wohnungsmarkt?»

Die Suche nach einer Wohnung ging also weiter. Ohne Ergebnis.



In Hamburg war nichts zu finden.

Also ins Umland.

Wir fanden ein Einfamilienhaus in Dahlenburg, einem Städtchen mit rund 6.000 Einwohnern im Landkreis Lüneburg.

Das Haus mieteten wir. Hierher kamen unsere Möbel.

Hierher kam Uwe Johnson zu Besuch. Er sagte:

«Dahlenburg ist ein Wohnort für pensionierte Kapitäne, nicht für einen jungen Schriftsteller.»

# Scheißegal

New York. Eine kommunistische Demonstration gegen McCarthy und eine antikommunistische Demonstration stoßen aufeinander. 

Die berittenen Polizisten schlagen mit Gummiknüppeln wahllos auf Demonstranten ein.

Ein Demonstrant, von Schlägen getroffen, ruft:

«Ich bin Antikommunist!»

Der Polizist:

«Is mir scheißegal, was für'n Kommunist du bist.»

# Tischgespräch



*Die Tischrunde:*
*Der Hausherr, emeritierter Professor der Rechte*
*Die Hausherrin, Hausfrau*
*Der Sohn des Hauses, Archivgehilfe*
*Die Tochter des Hauses, Verlagsmitarbeiterin*
*Der Mann der Tochter des Hauses, Institutsmitarbeiter*
*Das Töchterchen, die Tochter der Tochter des Hauses und ihres Mannes*
*Der Fernseher*

*Der Hausherr:* Da wird immer gesagt, Albertus Magnus und Thomas von Aquin seien Scholastiker gewesen. Aber ich sage, das stimmt nicht; für mich waren die beiden keine Scholastiker. Wie heißt doch gleich der arabische Philosoph ...

*Das Töchterchen:* Ich kann schon «Alle meine Entchen» auf der Triola blasen.

*Die Hausherrin (zur Enkeltochter):* Hast du dir vorm Essen die Hände gewaschen?

*Der Hausherr:* Wie heißt der arabische Philosoph, von dem die beiden Scholastiker Albertus Magnus und Thomas von Aquin das Vernunftsprinzip übernommen haben, die angeblichen Scholastiker, ...

*Der Sohn des Hauses:* Wißt ihr, was meine Wirtin gesagt hat, als ich ihr zum Neuen Jahr einen Blumentopf geschenkt ...

*Der Hausherr:* ... für mich waren die beiden keine Scholastiker.

*Der Mann der Tochter des Hauses:* Ich habe keine Ahnung, wie der arabische Philosoph heißt, ...

*Die Tochter des Hauses:* Kann ich bitte die Butter haben?

*Die Hausherrin:* Koste doch auch den Rettich. Magst du keinen Rettich?



*Das Töchterchen:* Ich muß mal aufs Klo.

*Der Mann der Tochter des Hauses:* ... aber ich kann mich danach erkundigen.

*Der Hausherr:* Wie heißt doch gleich der arabische Philosoph ...

*Die Tochter des Hauses:* Ausgerechnet beim Essen mußt du aufs Klo.

*Der Sohn des Hauses:* Meine Wirtin hat gesagt: «Der schönste Tag des Jahres wird sein, wenn Sie ausziehen.»

*Die Tochter des Hauses:* Rettich esse ich nicht. Was glaubst du wohl. Wie du danach aus dem Mund riechst.

*Die Hausherrin (zur Enkeltochter)*: Na geh schon. Aber wasch dir danach die Hände.

*Das Töchterchen (zum Sohn des Hauses):* Du hast Quark am Kinn.

*Der Hausherr:* In Berlin gibt es einen Philosophen, der hat ein dickes Buch über arabische Philosophie geschrieben. Den könnte man fragen, wie der arabische Philosoph heißt ...

*Der Sohn des Hauses:* Der Sohn meiner Wirtin, diese Rotznase, hat gestern zu mir gesagt: «Bist du schon wieder da? Was willst du eigentlich bei uns?»

*Die Hausherrin (zur Enkeltochter):* Hast du dir hinterher die Hände gewaschen?

*Das Töchterchen:* Ja.

*Die Hausherrin:* Du sollst nicht lügen.

*Der Hausherr:* Wie heißt doch der arabische Philosoph in Berlin, der ein dickes Buch über arabische Philosophie geschrieben hat?

*Die Hausherrin:* Stellt euch vor: Es gibt kein Rosodont. Wie soll ich da mein Gebiß sauberhalten.

*Der Hausherr (zum Sohn des Hauses):* Der Sohn deiner Wirtin sagt nur, was er von seinen Eltern hört.

*Die Tochter des Hauses (zum Sohn des Hauses):* Wenn man dich so essen sieht ...

*Die Hausherrin:* Sprecht doch mal von was anderem.

*Das Töchterchen:* Kann ich jetzt «Sandmännchen» sehen?

*Der Hausherr:* Ich besitze doch das dicke Buch von dem Berliner Philosophen, wie heißt der denn bloß.

*Die Tochter des Hauses:* Ja, mach den Fernseher an.

*Der Sohn des Hauses:* Ich versteh nicht, warum bei uns Pornographie verboten ist.

*Die Tochter des Hauses (zum Hausherrn):* Wenn du das dicke Buch besitzt, dann können wir doch nachsehen, wie er heißt und wie der arabische Philosoph ...

*Der Fernseher (sehr laut):* «Sandmann, lieber Sandmann, es ist noch nicht so weit ...»

*Die Tochter des Hauses (zu ihrem Mann):* Du sagst gar nichts, du ißt bloß. Na, Hauptsache, es schmeckt.

*Der Sohn des Hauses:* Wenn ich nicht regelmäßig Hefe-Extrakt esse, habe ich überhaupt keinen Stuhlgang.

*Die Hausherrin (zur Enkeltochter):* Mach den Fernseher leiser.

*Die Tochter des Hauses (zu ihrem Mann):* Du müßtest dir mal wieder die Haare waschen, ist ja alles voller Schuppen.

*Die Hausherrin:* Sprecht doch mal von was anderem.

*Der Sohn des Hauses:* Kommunisten sind alles Verbrecher.



*Der Hausherr:* Der arabische Philosoph, das war der Lehrer von Albertus Magnus und Thomas von Aquin, der hat gesagt:

«Kinder, arbeitet doch mit der Vernunft.» – Und Albertus Magnus hat das gemacht. Er hat geschrieben: «Gott kann man nicht beweisen, Gott und Materie sind eins», na also, und wenn ihr mich fragt, ich als Wissenschaftler sage: Die beiden waren gar keine Scholastiker.»

# Ratschlag



Vielleicht Ende September oder im Oktober 1977 traf ich Christa Wolf. Sie wohnte in der Friedrichstraße, im Haus neben dem Hotel «Adria».

Ich sollte am späten Nachmittag kommen. Da war es fast schon dunkel.

Sie öffnete die Wohnungstür und legte den Zeigefinger auf ihre Lippen. Schweigen!

Ich schwieg.

Sie schlug mir vor, einen Spaziergang zu machen.

Wir wanderten die Friedrichstraße entlang bis zur Reinhardtstraße, bogen in die Albrechtstraße ein bis zum Schiffbauerdamm und gingen bis zur Friedrichstraße.

Ich berichtete ihr, daß ich im Westen einen Prosaband veröffentlicht hätte ohne DDR-Genehmigung. Daß der Vizeminister für Kultur, Klaus Höpcke, am 2. September geäußert habe, ich hätte mich mit meinem Buch in die Front der psychologischen Kriegsführung gegen die DDR eingereiht. Daß ich zwei Tage später, am 4. September, einen Ausreiseantrag gestellt hätte. Daß der Schriftsteller Paul Wiens auf der Mitgliederversammlung des Berliner Schriftstellerverbandes am 19. September gesagt habe, es sei lediglich der Großzügigkeit der Staatsorgane zuzuschreiben, daß ich noch auf freiem Fuß sei.

Am Ende meines Berichts sagte Christa Wolf:

«Es ist besser, Sie gehen.»

Damals hatte ich meinem Bruder Karlheinz vom Besuch bei Christa Wolf erzählt. Ich wußte ja nicht, daß er Inoffizieller Mitarbeiter der Stasi war.

In den Stasi-Akten habe ich gelesen, daß mein Bruder, der alle möglichen Leute kannte, zu Christa Wolf gegangen war und mit ihr über mich gesprochen hatte. 

In seinem Bericht an die Stasi schrieb er, Christa Wolf habe gesagt:

«Wer so etwas tut wie Ihr Bruder, der muß auch gehen.»

Christa Wolfs Satz «Es ist besser, Sie gehen» konnte ich nach der Lektüre der Stasi-Akten auf zweierlei Weise deuten.

Entweder hatte sie gemeint, es sei besser für die DDR, wenn ich gehe.

Oder sie wollte mir sagen: Besser, Sie gehen, bevor Sie in üble Schwierigkeiten geraten.

Sie kannte die DDR.

# Guter Tänzer



1978. Hamburg. Hotel «Vier Jahreszeiten». Der Rowohlt Verlag feierte 70. Geburtstag.

Viele namhafte Gäste waren geladen, Autoren und Verleger, darunter Nicolas Born, Peter Rühmkorf, Inge Feltrinelli, Siegfried Unseld.

Im August 1977 hatte Rowohlt mein Buch «Versuchte Nähe» herausgebracht.

Wir lebten seit Dezember 1977 in Hamburg.

Der Glanz dieses Festes war uns unvertraut. Dennoch fühlten wir uns wohl.

Da war Ledig-Rowohlt, der mich 1977 herzlich willkommen geheißen hatte.

Da war Matthias Wegner, literarischer Geschäftsführer, der eigens nach Ostberlin gereist war, um einen Vertrag mit mir abzuschließen.

Da war Jürgen Manthey, Cheflektor, der mein Manuskript betreut und in den Satz gegeben hatte.

«Versuchte Nähe» stand seit Monaten auf Platz 1 der SWR-Bestenliste.

Ich war Rowohlt-Autor. Ich gehörte dazu.

Nach dem Dinner wurde zum Tanz aufgespielt.

Siegfried Unseld forderte immerzu meine Frau zum Tanz auf. Krista tanzte gern. Sie sagte:

«Er ist ein guter Tänzer.»

Jürgen Manthey aber sagte:
«Es fällt schon auf, daß Unseld ständig mit dir tanzt. Das mußt du lassen. Er meint nicht dich, sondern er will an Jochen herankommen. Das ist seine Masche.»

Am nächsten Tag lud Unseld uns zum Essen ein.



Er sagte:
«Rowohlt gut und schön. Aber Suhrkamp ist der größere Verlag. Wollen Sie nicht zu Suhrkamp kommen?»
Ich sagte:
«Nein.»

# An einem Faden

74 Uwe Johnson hat mich in der Schloßpark-Klinik besucht.

Schweigend saßen wir einander gegenüber.

Ich nestelte am Knopf meines Sakkos, der nur noch an einem Faden hing.

Meine Brille rutschte mir auf die Nase.

Zwei Tage später bekam ich von Johnson eine Postkarte:

«Man kann einen Knopf annähen. Das habe ich selbst schon getan.»

# Nicolas Born



In angemessener Lage, beschäftigt mit einem Roman, einem Gedicht, einem Aufsatz, die Anstrengung auf der Stirn, war Nicolas Born immer beschäftigt mit anderer Leute Roman, Gedicht, Aufsatz. Nicht Wasschreibstdu, Wieweitbistdu, sondern Lies vor, Laß sehen, und: strenge Gespräche über die Arbeit.

Die Schnellen mochten einhalten, die Langsamen mochten Schritt halten. Woher sein Gefühl und Wissen, eine Arbeit sei falsch, dürftig, aufgesetzt, heischend? Aber er wollte selber geprüft werden. Rasche Zustimmung, faules Lob zweifelte er an. Durften andere seine Arbeit mit leichteren Gewichten messen, als er seine Arbeit maß und die Arbeit anderer?

Sein Wissen und Gefühl kamen aus rigoroser Aufrichtigkeit. Womöglich empfindet jemand es als lästig, von der Aufrichtigkeit zu sprechen. Das Wort werde allzu leicht gebraucht, zumal für jemanden, der tot sei. Mancher hat Grund, das Wort Aufrichtigkeit für Nicolas Born zu gebrauchen.

Nicht anders als mit den Arbeiten anderer ging Nicolas Born mit anderen und mit sich selber um. Schwäche hieß Schwäche, Stärke Stärke. So konnte Nicolas Born Freundschaft gewinnen und Freundschaft verlieren.

Einen Gegner konnte Nicolas Born sich machen, wenn er

ahnte oder wußte, und es sagte, daß jemand eines teueren Erfolges wegen billig von Wichtigerem absah. So war Nicolas Born radikal.

Welche, die ihm vorschlugen, einen Freund zu verraten, wies er fort und verriet sie dem Freund. So war Nicolas Born treu. Jemandem, der ahnungslos war, zeigte Born einen Weg. Jemandem, der hilflos war, kochte Born ein Essen. So war Nicolas Born brüderlich.

In verzweifelter Lage, beschäftigt mit unheilbarer Krankheit, beschäftigt mit einem Roman, einem Gedicht, auf der Stirn Not, war Nicolas Born noch beschäftigt mit anderer Leute Krankheit, Roman, Gedicht. Die Gesunden schwiegen manchmal. Die Kranken sollten gesund werden.

So war Nicolas Born verantwortlich.

In trostloser Lage, beschäftigt mit dem Ende, Angst auf der Stirn und Zorn, lehnte Nicolas Born Mitleid ab. So war Nicolas Born tröstlich.

## Vier Tage im Mai

Christoph Meckel, der mit dem Freiburger Oberbürgermeister Rolf Böhme befreundet war und die finanzielle Unterstützung der Stadt durch die Landesregierung von Baden-Württemberg und den Deutschen Literaturfonds gewonnen hatte, verschickte Einladungen. Vom 22. bis 25. Mai 1989 sollten sich zum ersten Mal nach dem II. Weltkrieg israelische und deutsche Schriftsteller in Freiburg im Breisgau zu einem gemeinsamen Gedankenaustausch unter dem Motto «Schriftsteller als Bürger und Kritiker ihres Staates» und zum Vorlesen ihrer Texte treffen. 

Außer den Schriftstellern und Abgesandten der Verlage und Redaktionen nahmen an dem Treffen François Bondy (Redakteur der Schweizer Monatshefte), Mordechai Virshubski (Abgeordneter der Knesseth), Zisi Stavi (Redakteur der israelischen Tageszeitung Jedi'ot Acharonot) und die Übersetzer und Dolmetscher Michael Sternheimer, Madeleine Neige und Efrat Gal-Ed teil. Ohne die Übersetzer und Dolmetscher wäre das Treffen nicht möglich gewesen.

Die Stimmung war angespannt, denn niemand kannte einander.

Es war verabredet, daß sich am ersten Tag des Treffens hinter verschlossenen Türen die Schriftsteller einander vorstellen.

Auch ich kam an die Reihe. Ich sagte – ich dachte, ich müßte es sagen:

«Mein Vater war Ortsgruppenleiter der NSDAP in Reichenbach.»

Kurzer Moment der Betroffenheit, aber dann sagte jemand:

«Was kannst du dafür? Du kannst nichts dafür.»

Am Ende der Sitzung warteten vor der Tür Neugierige. Die Frau des Oberbürgermeisters fragte Moshe Dor:

«Was haben Sie den ganzen Tag lang getan?»

Moshe Dor sagte:

«Wir haben Zigaretten geraucht und mystische Erfahrungen gemacht.»

Am zweiten Tag saß ich im Hotel unschlüssig am Frühstückstisch; wollte ich Tee oder Kaffee. Da stellte François Bondy ein Glas Milch vor mich hin.

Ich blickte ihn verblüfft an und sagte:

«Wie soll ich Ihnen danken.»

François Bondy sagte:

«Machen Sie es wie wir. Sagen Sie: Sie sorgen für mich wie ein Vater und eine Mutter.»

An einem der Tage saß ich zu Mittag mit Jehuda Amichai und Mordechai Virshubski an einem Tisch.

Die beiden unterhielten sich auf Hebräisch, und ich verstand kein Wort. Sie sahen mich an und sprachen plötzlich Deutsch. Ich sah erstaunt auf.

Mordechai Virshubski sagte:

«Ich stamme aus Leipzig. Ich kann Ihnen noch die Telefonnummer meiner Eltern sagen.»

Jehuda Amichai sagte:
«Ich stamme aus Würzburg. Meinen deutschen Namen habe ich abgelegt.»

In den vier Tagen im Mai lasen wir uns gegenseitig aus unseren Texten vor, und am Abend trafen wir uns mit Übersetzern, Lektoren, Redakteuren zu Gesprächen oder auch nur zum Feiern. Ich sehe noch Jurek Becker, etwas abseits, angelehnt an eine Wand, den Blick musternd über die Anwesenden.



Viele der israelischen Autoren fanden durch das Treffen in Freiburg in Deutschland einen Verlag. Auch Asher Reich. Hans Georg Heepe, der Cheflektor des Rowohlt Verlages, hat die erste Gedichtsammlung in deutscher Sprache von Asher Reich herausgebracht: «Arbeiten auf Papier» (1992), übersetzt neben anderen von Efrat Gal-Ed und Christoph Meckel, mit einem Nachwort von Christoph Meckel. Sein berühmtes Gedicht «Und alles andere steht geschrieben» endet mit der Zeile:
«Alles andere steht geschrieben auf dem Arm der Zeit».
Wie Jehuda Amichai, David Shahar und Tuvia Rübner – Rübner lebte im Kibbuz Merchavia östlich von Haifa – habe ich Asher später in Israel besucht. Oft. Und wir haben uns in Deutschland getroffen, auch gemeinsame Zeit durch ein Stipendium im Künstlerhaus Villa Walberta in Feldafing verbracht. Als er heiratete, war ich dabei, auch Herta Müller. Mit ihm saß ich in der judäischen Wüste bei den Aufnahmen zum Film von Katja Behrens «Jerusalem – Berlin», zu meinem 80. Geburtstag kam er mit seiner Frau, und

jetzt – wo wir beide nicht mehr reisen – telefonieren wir. Seit Freiburg sind Asher und ich Freunde.

Als ich Asher berichtet hatte, daß mein Bruder K. ein Inoffizieller Mitarbeiter des DDR-Staatssicherheitsdienstes gewesen sei und mich an die Stasi verraten habe, sagte er:



«Da bin ich jetzt dein Bruder.»

# Erlkönig

Nach dem Ende der DDR las der Ostberliner Schriftsteller Adolf Endler in der Buchhandlung «Erlkönig» am Boulevard du Montparnasse in Paris. 

In der Diskussion fragte der französische Bibliothekar Ulrich Hessel, Sohn des Schriftstellers Franz Hessel:

«Geht es Ihnen auch so wie Volker Braun, der kürzlich hier gelesen hat? Herr Braun las ein Gedicht, in dem es sinngemäß heißt: ‹Ich hab verloren, was ich nie besessen›.»

Adolf Endler sagte:

«Wat ich nich besessen hab, kann ich ooch nich verloren haben.»

# Unser Territorium



Ursula Plog mit ihrer achtjährigen Tochter im Auto von West- nach Ostberlin.

Kurz vor der Kontrollstelle ein Stau. Gerade jetzt mußte ihre Tochter dringend pinkeln.

Ursula Plog öffnete die rechte Vordertür.

Die achtjährige Tochter stieg aus, zog die Hose herunter und hockte sich zwischen Tür und Wagen.

Das sah ein DDR-Grenzer. Er eilte heran.

«Aber nich auf unser Territorium!»

# Schloß Wiepersdorf

Weil es den Mauer-Staat nicht mehr gab und nicht seine Partei, war das Schloß frei geworden. Es sollte aber den Künsten dienen. 

Den Künsten dient es ehestens, wenn es freien Künstlern dient, die Wohn- und Arbeitsräume vorfinden und ein Geld für die Zeit des Aufenthaltes.

Wer, da nicht mehr eine einzige Partei, sollte die Künstler auswählen, die aus allen Himmelsrichtungen herbeizuholen waren? Das sollte ein Kollegium von Preisrichtern aus zwei Himmelsrichtungen tun, und diesem Kollegium gehörte ich anfangs an. Die Preisrichter trafen sich im Schloß, redeten lange, aßen, tranken, redeten lange und legten sich für eine Nacht nieder nach der Wahl von Künstlern, die sich für einige Zeit sorgenfrei im Schloß aufhalten können sollten.

In der Nacht träumte mir, es sitze ein Fürsprech des verblichenen Mauer-Staates, seiner Herren und seiner Partei auf der nächtlichen Terrasse. Es war mir, als trinke der Mann eine Flasche Wein und stoße von Zeit zu Zeit Verwünschungen aus.

Er verfluchte den neuen Chef des Schlosses und drohte, dieser möge nur herauskommen, dann werde er dem schon die Fresse polieren.

Am nächsten Morgen erblickte ich auf der Terrasse aber

wirklich den Mann, der mir des Nachts erschienen war. Er hing im Stuhl und schlief. Alsbald erhob er sich, legte sich bäuchlings auf die Parkwiese und schnarchte.

Ich meinte, er träume von den Tagen, da er im Schloß Umgang mit anderen Nutznießern des hingeschwundenen

Staates gepflegt und sodann in einem Schloßbett genächtigt hatte. Als der Mann von der Anstrengung seiner Flüche genesen war, wanderte er im Schloßpark umher. Ich wollte meiner Traumfigur leibhaftig begegnen und ging zu ihm hin.

Er sagte mir:

«Das ist unser! Schloß» und zählte die Leute her, die seine Genossen und Träger herrscherlich geschätzter Namen gewesen waren.

In Wirklichkeit hatte ich diesen Spuk nicht in der Nacht nach der Zusammenkunft des Preisrichterkollegiums geträumt. Ich hatte ihn erlebt in der Nacht nach dem Fest, das gefeiert wurde, weil das Schloß frei geworden war.

## rororo

Internationale Verlegerkonferenz 1990 in San Francisco. 
Frühstückssaal des Hotels.

Heinrich Maria Ledig-Rowohlt kam zu unserem Tisch.

Bevor er Platz nahm, räusperte er sich drei Mal heftig:

Rch! Rch! Rch!

Hans Magnus Enzensberger sagte:

«Jetzt weiß ich, woher das Kürzel ro ro ro stammt.»

## «Ich bin nur ein Leser»

*Hans Georg Heepe zum 70. Geburtstag*

 Georg – wie ihn seine Freunde nennen dürfen – hat es nicht gern, daß von ihm geredet wird. Aber daß er am liebsten von sich absieht, daß er sich am liebsten verbirgt, daß gar Lob ihn ganz verlegen macht: gerade das will ich loben.

Hans Georg Heepe, der manchen Autor gelehrt hat, wie ein Text zu verbessern sei, pflegt angesichts dankbarer Anerkennung seiner Arbeit zu sagen:

«Ich bin nur ein Leser, schreiben mußt du!»

Welches bescheidene Verständnis des Wortes Lektor kann es noch geben? Einen Text wie eine neue Landschaft höchst aufmerksam durchwandern, Brüche hervorheben, Schönheiten vermerken, den Fortgang unablässig untersuchend verzeichnen – das ist es, was Hans Georg Heepe unter Lesen versteht. Wer seine Notate, die dem Text Zeile für Zeile folgen, je gesehen hat, und wer gesehen hat, welchen Umfang und welche kritische Kapazität diese Notate besitzen, der wird verstehen, daß ich dem Wort Lektor sogleich seine von altersher überlieferte zweite Bedeutung hinzufügen möchte: Lehrer. Ich lerne von Hans Georg Heepe viel.

Seine Notate wandern in meinen Manuskripten regelmäßig in die Schatzkammern des Deutschen Literaturarchivs Marbach.

Ich ziehe meinen Nutzen aus Hans Georg Heepes erstaunlichster Kenntnis, und ziehe meinen Nutzen aus Hans Georg

Heepes ureigener Neigung zu Zurückhaltung und Understatement. Es ist nun kein Wunder, daß es zu einem seiner Vorzüge gehört, Kritik und Verbesserung eher in beiläufig-ironischer Weise vorzubringen anstatt auf bedeutungsschwer-beharrender Art. Eines merkbaren Nachdruckes bedarf die Beiläufigkeit von Zeit zu Zeit doch. Hans Georg Heepes Ironie verschafft einem wie mir, der auch blind sein kann, eine ungemein erfrischende Erhellung.



Als ich noch in der DDR lebte, hat Jürgen Manthey bei Rowohlt mein Buch «Versuchte Nähe» (1977) auf den Weg gebracht. Hans Georg Heepe habe ich nach meiner Übersiedlung in die Bundesrepublik Ende 1977 kennengelernt; er war schon seit 16 Jahren im Rowohlt Verlag tätig. Seit 1980 hat Hans Georg Heepe meine Arbeit betreut, und er hat sich bei allen Manuskripten, die ich ihm vorgelegt habe, für eine Veröffentlichung ausgesprochen.

Gewiß geziemte es sich für mich, die wechselnden Chefs des Hauses Rowohlt meine Verleger zu nennen, aber die Genauigkeit gebietet es, Hans Georg Heepe bis zu seinem Ausscheiden aus dem Verlag als meinen Verleger anzusehen. Als Verleger im besten Sinn: intellektuell und handwerklich von der ersten Lektüre bis zur letzten gedruckten Zeile mit dem Text befaßt.

Bis heute ist Hans Georg Heepe mit dem Rowohlt Verlag vertraglich verbunden. Von seiner Arbeit zeugt zum Beispiel das Lektorat der auf 22 Bände geplanten Gesamtausgabe der Texte und Briefe von Kurt Tucholsky, von der bis September 2005 17 Bände erschienen sind. Und Hans Georg Heepe begleitet als Lektor weiterhin meine Arbeit.

Spätestens nach dem Abschluß meines Romans «Schott» (1992) drängte es mich sehr, das geistige und handwerkliche Verdienst Hans Georg Heepes um meine Bücher durch eine Widmung öffentlich zum Ausdruck zu bringen. Seine Bescheidenheit, die zuweilen an Schüchternheit grenzt, hinderte ihn lange, meine Widmung zu akzeptieren.



Wie gerne erinnere ich mich der Tage, da wir zusammensaßen und Manuskripte besprachen. Die Fürsorge Hans Georg Heepes galt nicht nur meiner Arbeit, sondern auch meinen Lebensumständen, meiner Lebenslage. Das ist es, was ein guter Verleger und Lektor auch ist: ein Freund, der sich um das Befinden seines Autors kümmert, ein Freund, der in prekärer Lage hilft.

Ohne Hans Georg Heepe wäre manche meiner Arbeiten gar nicht zustande gekommen. Daß der Rowohlt Verlag seit mehr als 25 Jahren mein Zuhause ist – ich verdanke es vor allem Hans Georg Heepe. (Die Chefs Heinrich Maria Ledig-Rowohlt, Matthias Wegner, Michael Naumann, Nikolaus Hansen, Peter Wilfert und Alexander Fest werden mir diesen Satz nicht verargen.)

Mein Lob ermuntere Georgs Herz!

Hier muß die Rede enden, denn «zu vieles Loben, weiß ich wohl, macht dem, der edel denkt, den Lober nur zuwider».

# «Wo isn der Kudamm»

Am 9. November 1989 spätabends sah ich im Fernsehen, daß am Grenzübergang Invalidenstraße hunderte Leute aus dem Osten in den Westen gingen. Zunächst glaubte ich, es handle sich um einen Film von Wolfgang Menge. Als ich aber den Regierenden Bürgermeister Walter Momper, unverkennbar an seinem roten Schal, entdeckte, der mit einem Megaphon den Menschenstrom lenkte, fuhr ich in die Nähe der Invalidenstraße. 

Ich stellte mich auf der Westseite des Grenzübergangs Invalidenstraße an den Straßenrand.

Ein Mann aus dem Osten blieb vor meinem Nachbarn stehen und sagte:

«Wo isn der Kudamm.»

Mein Nachbar sagte:

«Da gehste die paar Schritte zum Lehrter Bahnhof, dort fährste mit der S-Bahn bis Zoo, spazierst die Joachimsthaler runter, und schon biste aufm Kudamm.»

Der Mann aus dem Osten sagte:

«Ich hab aber kein Fahrgeld.»

Mein Nachbar zückte seine Brieftasche und gab dem Mann 50 Westmark.

Nach einer halben Stunde ging ich, gegen den Menschenstrom, in den Osten. Seit der Ausreise 1977 hatte es für uns ein Stasi-Einreiseverbot gegeben

Auf der Invalidenstraße traf ich Tobias Schollak, der mit seinen Eltern, dem Schriftsteller Sigmar Schollak und dessen Frau, 1982 nach Westberlin ausgereist war.

Ich sagte:

«Was machst du denn hier.»



Er:

«Ich will mir den Osten anschauen.»

Wir bogen in die Oranienburger Straße ein, gingen die Friedrichstraße entlang bis Unter die Linden. Die Häuser grau wie einst. Die Straßenbeleuchtung spärlich.

Unter den Linden gingen wir zum Brandenburger Tor, und gingen durchs Tor.

Vom Westen her waren junge Leute auf die Mauer geklettert.

Vor der Mauer Wasserpfützen, Schläuche.

Ich fürchtete plötzlich, die Grenze könnte von der Stasi wieder geschlossen werden. Und ich ohne Genehmigung im Osten.

Ich verabschiedete mich von Tobias und lief eilig zum Bahnhof Friedrichstraße. Durch den verwaisten Tränenpalast zur S-Bahn. Ich fuhr bis zum Lehrter Bahnhof, wo ich mein Auto geparkt hatte, und fühlte mich wieder sicher.

# Seoul

Bald nach der Ankunft in Seoul, wo ich vom 3. bis 13. November 1991 Gast des Goethe-Instituts war, stellte ich mich vor. Eine Mitarbeiterin, die mein Buch aus der Instituts-Bibliothek kannte, sagte: 

«Ah, Sie sind der Sprachabschneider.»

Während meines Aufenthaltes in Südkorea begleitete mich Kim Kwang-kyu, der an einer Universität in Seoul lehrt, ein bedeutsamer Lyriker ist und fließend Deutsch spricht.

Er sagte:

«Ich habe in München Germanistik studiert. Promoviert habe ich an der Nationaluniversität in Seoul über Günter Eich.»

Kim Kwang-kyu war auch dabei, als ich eingeladen war, an der Yonsei-Universität Vorträge zu halten, ebenso an der Sookmyung-Universität (der sogenannten Frauen-Universität) und an der Nationaluniversität.

In Seoul führte mich Kim Kwang-kyu nach den Uni-Veranstaltungen gemeinsam mit Uni-Kollegen in exquisite Restaurants.

Einmal, nach einer langen Mahlzeit mit Uni-Kollegen in einem exquisiten Restaurant, hätte ich gerne eine Zigarette geraucht. Aber niemand am Tisch rauchte.

Schließlich fragte ich:

«Darf man rauchen?»

Jemand sagte:

«Wir warten alle auf Sie. Sie sind der Älteste.»

Aschenbecher gab es nicht. Ich sah, daß die anderen ihre Zigarettenasche in die Suppenschalen schnippten. Das tat ich auch.

Mit ihm und Professor Kim Hyong-ki reiste ich nach Gyeongju zur Besichtigung des Cheomseongdae-Observatoriums, an Orte historischer Tempel und schließlich nach Busan, die Stadt im Süden.

Kim Kwang-kyu sagte:

«Im Krieg, die Stadt konnte nie von den nordkoreanischen Truppen eingenommen werden. Für einige Monate war sie die Hauptstadt von Südkorea.»

Ich wußte, daß Nordkorea im Juni 1950 Südkorea überfallen hatte. Südkoreanische Truppen und die UN-Truppen unter General McArthur kämpften gegen die Nordkoreaner, wurden von ihnen aber bis auf einen kleinen Brückenkopf um Busan zurückgedrängt.

Eine Gegenoffensive der Südkoreaner und der UN-Truppen führte bis zur chinesischen Grenze. Ende Oktober 1950 griff die chinesische Armee ein und warf zusammen mit den Nordkoreanern die UN-Truppen und die Südkoreaner bis zur Mitte Koreas am 38. Breitengrad zurück.

Dort wütete ein Stellungskrieg, bis es im Juli 1953 zu einem Waffenstillstandsabkommen kam.

Professor Kim Hyong-ki sagte in Busan:

«Alle Touristen gehen auf den Jasalbawi-Felsen. Der Felsen fällt an die hundert Meter tief ins Meer ab. Die Koreaner nennen ihn Selbstmord-Felsen. Dorthin gehen wir auch. Wir machen ein Gruppenfoto. Keine Angst! Es gibt ein festes Geländer.»

# Besser als schießen



Peter Fürst, geboren 1910 in Berlin, Journalist und Schriftsteller. In jungen Jahren Sportreporter beim «Berliner Tageblatt».

1934 floh er vor den Nazis.

Seine autobiographischen Romane «Der Zigarrentöter» (1994) und «Schnitzeljagd Berlin – New York» (1998) handeln u. a. von der Berliner Zeit und von der Flucht über die Tschechoslowakei, Spanien, Österreich und Frankreich bis in die Dominikanische Republik, wo er sieben Jahre als Plantagenarbeiter lebte.

1946 ging er in die USA und arbeitete in New York bei Voice of America.

Peter Fürst zog schließlich nach San Francisco. Dort ist er 1998 gestorben.

In New York habe ich ihn besucht.

Er und ich im Taxi. Die Ampel an der nächsten Kreuzung rot. Die Fahrer vor uns hupen wie wild.

Ich:

«Die Ampel ist rot. Warum hupen die?»

Peter Fürst:

«Ist doch besser als schießen.»

# Wo es schön war

August 1977. Insel Hiddensee. 

Unsere letzten Sommerferien in der DDR vor der Ausreise in die Bundesrepublik.

Am Strand. Im Kofferradio Deutschlandfunk. Über das Meer die Stimme unseres Freundes Bernd Jentzsch.

Er liest sein Gedicht «Der Ort»:

«... Wo es schön war,
Wo ich klein war und dann auf einmal groß,
Wo jetzt eine alte Frau wohnt,
Die schlechte Augen hat und gut sieht,
Wenn die Kinder ihren Kirschbaum plündern,
Und sie verscheucht sie wie Amseln
Und ruft sie alle mit meinem Namen.»

Bernd Jentzsch – Lyriker, Erzähler, Essayist, Übersetzer, Herausgeber, Lektor.

Initiator der Lyrikreihe «Poesiealbum», die er von 1967 bis 1976 im Ostberliner Verlag Neues Leben in 122 Bänden herausgegeben hat.

Im Oktober 1976 hatten wir uns in Ostberlin zuletzt gesehen. Als Wolf Biermann im November 1976 ausgebürgert wurde, weilte Jentzsch mit einem gültigen DDR-Visum zu Studienzwecken in der Schweiz. In einem Offenen Brief an den DDR-Staatsratsvorsitzenden Erich Honecker, der in der Frankfurter Allgemeinen Zeitung erschien, protestierte er gegen die Biermann-Ausbürgerung und gegen den Ausschluß Reiner Kunzes aus dem DDR-Schriftstellerverband. Die darauffolgende Strafandrohung machte ihm die Rückkehr in die DDR unmöglich.

1978 erschien im Hanser Verlag München sein Gedichtband «Quartiermachen», aus dem er 1977 im Radio vorgelesen hatte und der 1980 im Münchner Heyne Verlag neu aufgelegt wurde. 1982 kam die zweite Hanser-Auflage heraus.

Friederike Mayröcker schrieb über «Quartiermachen»:

«Das sind die schönsten Gedichte seit langem.»

Karl Krolow schrieb:

«Knapper, bestürzender, sanfter und definitiver kann man es schwerlicher sagen als hier. Der Ernst ist sehr groß. Ein schwankungslos schönes Buch.»

Diese Gedichte waren die letzten, die ich von Bernd Jentzsch lesen konnte.

Aufgehört zu dichten hat er nicht.

# Prager Frühling



Alexander V. Isačenko, dessen Eltern mit ihm nach der sogenannten Oktoberrevolution aus St. Petersburg geflüchtet waren, zog 1965 mit seiner Frau Elena aus Ostberlin, wo er in der Akademie der Wissenschaften die Arbeitsstelle Strukturelle Grammatik geleitet hatte, nach Prag. Er war zum Vizedirektor des Instituts für Sprachen und Literaturen der Tschechoslowakischen Akademie der Wissenschaften berufen worden.

Kurz vor ihrem Sommerurlaub, den sie immer wieder in dem kleinen Ort Studena nahe der Stadt Telč in Mähren verbrachten, hatte das Ehepaar in Prag eine Wohnung gekauft und wartete auf die Möbel aus Schweden. In Studena mieteten sie bei stets denselben Wirtsleuten zwei Zimmer, so auch 1968, im Jahr des Prager Frühlings.

Sie hatten mich gefragt, ob wir nicht Lust hätten, diese Zeit mit ihnen zu verbringen.

In den Teichen rund um den kleinen Ort angelten wir Hechte, die seine Frau in der Küche der Wirtsleute zubereitete. Sie wurden gekocht und mit einer Soße aus zerlassener Butter, kleingehackten Eiern, Petersilie und Maggi serviert. Wir grillten Špekáčky, geräucherte Brühwürste, tranken dazu das gute Budweiser Bier, das wir in kalten Bächen gekühlt hatten, und waren zufrieden.

Durch einen Anruf im Akademie-Institut erfuhr Isačenko

von einem befreundeten Kollegen, die sowjetische Führung habe in der Prawda das «Manifest der 2000 Worte» als Beweis für die antisozialistische Konterrevolution in der Tschechoslowakei hingestellt.

Isačenko hatte das «Manifest» schon in Prag gelesen. Ein Exemplar der Zeitung Mlada fronta mit dem Text des «Manifests» hatte er nach Studena mitgenommen. Er las es noch einmal und sagte zu uns:

«Ich habe es im Blut: Die Russen kommen.»

Eines Morgens, es war der 15. August, klopfte er an die Tür unseres Quartiers:

«Ich muß weg, wir brechen den Urlaub ab. Wir haben gültige Reisepässe nach Österreich. Wir fahren nur noch einmal kurz nach Prag, um die wichtigsten Dinge einzupacken.»

In Prag packten sie Wäsche und Kleidung, die Belegexemplare seiner Bücher «Die russische Sprache der Gegenwart» und «Geschichte der russischen Sprache», Manuskripte, Familienpapiere und die Pässe ins Auto, verabschiedeten sich von Freunden und gelangten am Abend des 20. August 1968 über Český Krumlov nach Österreich.

In der Nacht zum 21. August 1968 marschierte eine halbe Million Soldaten der Warschauer-Pakt-Staaten Sowjetunion, Polen, Ungarn und Bulgarien in die Tschechoslowakei ein.

An der Grenze zwischen der DDR und der Tschechoslowakei standen zwei Divisionen der Nationalen Volksarmee der DDR bereit; sie nahmen nicht am Einmarsch teil, weil die Erinnerung an den Einmarsch der Hitler-Wehrmacht in die Tschechoslowakei vermieden werden sollte.

# New York 1993, Leuchtreklame

Gestern Nachmittag war mir religionshaft zumute. Ich ging in eine Kirche und setzte mich in die letzte Bankreihe.

Die Kirche war menschenleer und geheizt.

Ich versank in mich selbst und wollte gerade den Wechselfällen des Alltags nachsinnen.

Plötzlich leuchteten auf dem Querbalken des mannshohen Kreuzes, das vor dem Altar stand, rote wandernde Schriftzeichen auf. Sie wiesen auf die Wichtigkeit des Glaubens an Jesus Christus hin.

Daraufhin sann ich über die weite Verbreitung von farbigen Leuchtreklamen nach.

# Vor der Haustür

Im Dezember 1981 hatte es in Ostberlin eine erste «Berliner Begegnung» zwischen Schriftstellern aus Ost und West zum Thema «Friedensbewegung» gegeben. 

Die DDR-Kulturpolitik wollte eine zweite Begegnung dieser Art; sie sollte diesmal in Westberlin stattfinden.

Günter Grass sagte in einem Interview am 16. April 2009:

«Stephan Hermlin kam häufig nach West-Berlin. Er hat mich auch zu den Friedensgesprächen eingeladen, die erst in Ost-Berlin stattfanden und dann eine Entsprechung in der West-Berliner Akademie fanden.»

Die Hauptabteilung XX des DDR-Staatssicherheitsdienstes verzeichnete am 31. März 1983 eine detaillierte «Information über die Vorbereitung der sogenannten zweiten Berliner Begegnung von Schriftstellern unter Schirmherrschaft der Akademie der Künste in Berlin-West».

In der Information heißt es:

«Am 22. und 23. April 1983 findet in der Akademie der Künste, 1000 Berlin-West 21, Hanseatenweg 10, ein als ‹2. Berliner Begegnung› bezeichnetes internationales Schriftstellertreffen statt. Als Initiator dieses Vorhabens wurde der Westberliner Schriftsteller Günter Grass (55) ...bekannt.

Als Organisatoren treten neben Grass die Mitglieder der Westberliner Akademie der Künste

Peter Härtling (49) ...

Walter Höllerer (60) ...
Uwe Johnson (48) ...
und
Stephan Hermlin (67) ...
in Erscheinung.

102 Es wurde bekannt, daß durch die genannten Organisatoren Einladungen an 64 Personen ... verschickt wurden.

Es handelt sich dabei um
19 aus der DDR
4 aus der UdSSR
16 aus der BRD
5 aus der Schweiz
2 aus Österreich
2 aus Schweden
2 aus den USA
2 aus Großbritannien
1 aus der ČSSR
1 aus der VR Polen
5 aus Westberlin

sowie 4 DDR-Schriftsteller, die sich mit langfristigem Visum außerhalb der DDR aufhalten, und einen ehemaligen ungarischen Bürger ...

Laut vorliegenden internen Hinweisen nehmen nachfolgend genannte Personen, die Einladungen erhielten, ... nicht teil und sagten ihr Erscheinen ab:

Helmut Sakowski DDR
Erwin Strittmatter DDR
Franz Fühmann DDR
Jurek Becker in Berlin-West lebend

Heinrich Böll BRD
Ernst Jandl Österreich
Doris Lessing Großbritannien
Hans Mayer BRD
Margarete Mitscherlich BRD
Dorothee Sölle BRD 
Elias Canetti Großbritannien

Weiter wurde bekannt, daß ... zwischen Grass und Hermlin Absprachen über eine Zusatzliste ... beabsichtigt sind. Beide einigten sich ... auf zusätzliche Einladungen von

Hans Christoph Buch Berlin-West
Klaus Stiller Berlin-West
Heinrich Albertz Berlin-West
Erich Fried BRD

Zum Ablauf der sogenannten 2. Berliner Begegnung wurde bekannt:

Die Beratungen finden am 22.4.1983 von 10.00 bis 13.00 Uhr und von 15.00 bis 20.00 Uhr sowie am 24.4.1983 von 10.00 bis 13.00 Uhr in den Räumen der Westberliner Akademie der Künste statt ...

Als Abschluss des Treffens soll am Abend des 23.4.1983 eine öffentliche Diskussionsveranstaltung durchgeführt werden ...»

Sarah Kirsch, Jürgen Fuchs und ich sagten die Teilnahme ab.

Am Vorabend brachte ich Kopien unserer Absagen in die Westberliner Akademie der Künste. Ich übergab sie Karin Kiwus, die in der Abteilung Literatur der Akademie arbeitete. Sie quittierte unsere Absagen mit der Bemerkung, das würde ich noch bereuen.

Unsere Absagen erschienen am 22. April 1983 in der Frankfurter Rundschau – das war der Tag, an dem die zweite Berliner Begegnung begann.

Unsere Texte in der Frankfurter Rundschau tragen die Überschrift:

«Mehrere Gründe, an der Begegnung nicht teilzunehmen. Aus der DDR stammende Schriftsteller wollen nicht über Frieden reden, solange Ostberlin die Friedensbewegung verfolgt.»

Im Text von mir und Jürgen Fuchs heißt es unter anderem:

«Es ist kaum noch glaubhaft zu leugnen, daß der psychologische und materielle Kampf, den die Staatsorgane der DDR und der DDR-Schriftstellerverband gegen verschiedene Schriftsteller geführt haben und führen, eine Art der Unterdrückung der Äußerungsfreiheit darstellt ...

Während die Staatsorgane der DDR und der DDR-Schriftstellerverband gegen verschiedene Schriftsteller unentwegt ‹Maßnahmen ergreifen›, schickt sich der DDR-Schriftstellerverband an, vor der Haustür mit Schriftstellern aus aller Welt über Weltfrieden zu reden ...

Es finden sich unter den Namen derer, die zu der 2. Berliner Begegnung geladen sind, die Namen einiger Autoren, welche aus der DDR stammen und aus der DDR-Staatsbürgerschaft entlassen wurden – einige aus dem ‹Häuflein von Feinden und Verrätern des Sozialismus in der DDR› (wie die Zeitschrift ‹Militärwesen› des DDR-Verteidigungsministeriums sie genannt hat). Unter ihnen auch unsere Namen.

Ist der Krieg, den die Staatsorgane der DDR und der DDR-Schriftstellerverband diesen Schriftstellern erklärt haben, still zu Ende gegangen? ...

Einige sollen unversehens ein wenig mitreden dürfen über den Frieden, aber nur vor der Haustür, und nur über den Weltfrieden ... 

Der Frieden ist diesen Schriftstellern von den DDR-Staatsorganen und vom Schriftstellerverband der DDR nicht erklärt worden. So vermissen wir die Voraussetzungen für ein Friedensgespräch mit jenen, die kraft ihrer Funktion Verantwortung tragen für den herrschenden unfriedlichen Zustand ...

Die Begegnung ist nicht offen für alle. Deshalb ziehen wir es vor zu sprechen, wo jeder sprechen und zuhören kann ...

Allen Teilnehmern der 2. Berliner Begegnung, die das Wort Frieden nicht als Tarnung benutzen für den Herrschaftsanspruch einer Partei oder eines Staates, erweisen wir unsere Achtung.»

Sarah Kirsch hatte unter anderem geschrieben:

«Wenn sich jetzt Schriftsteller ... zu einem Friedensgespräch in exklusiven Räumen treffen, es ein Tagegeld gibt, Presse und Fernsehen geladen sind, erinnert das an eine absurde Talkshow ... Nutzlos, elitär, ein Jahrmarkt der Eitelkeit, Verlogenheit gegenüber der verfolgten Friedensbewegung in der DDR.»

Uwe Johnson, seit 1972 Vizepräsident der Westberliner Akademie der Künste, der mit Günter Grass, Peter Härtling,

Stephan Hermlin, Walter Höllerer und Karin Kiwus zur 2. Berliner Begegnung eingeladen hatte, rügte meine Absage brieflich.

Er schrieb, wenn die Königin rufe, dann folge man.

## Nova Scotia

Von Halifax an der Ostküste der Halbinsel Nova Scotia, Hafenstadt am Nordatlantik, ging es 100 Kilometer nordwestlich nach Wolfville.



In Wolfville war ich Gast des German Department der Acadia University.

Der Chef des Departments, Professor Anthony Northey, quartierte mich im Haus eines Mitarbeiters ein, der sein Sabbatical im Ausland verbrachte.

Anthony Northey wollte sein Blockhaus im Wald zeigen. Er fuhr mit mir und zwei Kollegen im Geländewagen in die Nähe eines Sees. Die Zufahrt durch den Wald war nur für ihn angelegt.

Wir gingen vom Blockhaus zum nahegelegenen See.

Anthony Northey sagte:

«Wir wollten zuerst an einem anderen See bauen. Ich stand dort am Ufer und sah gegenüber ein Haus. Ich sagte zu meiner Frau:

‹Da wohnt schon jemand. Hier bauen wir nicht›».

## Roman Jakobson und Wolfgang Steinitz



Roman Jakobson, 1896 in Moskau geboren, weltweit führender Linguist und Semiotiker, hatte in seiner Heimatstadt Slawistik studiert und war 1920 als Mitarbeiter der sowjetischen Gesandtschaft nach Prag gekommen.

Er verließ diese Stellung bald und wurde zum Mitbegründer des Prager Linguistenkreises um Nikolai Trubetzkoy, Vilém Mathesius und Bohuslav Havránek.

Vor dem Einmarsch der Deutschen in die Tschechoslowakei 1939 floh Jakobson über Dänemark und Norwegen 1940 nach Schweden, wo er Wolfgang Steinitz, Assistent an der Stockholmer Universität, kennenlernte, der 1937 mit seiner Familie unter ungeklärten Umständen die Sowjetunion verlassen hatte, in die er 1934 emigriert war. In Leningrad hatte er am Institut für Nordvölker als Professor für Finno-Ugristik gelehrt, und während dieser Zeit eine mehrmonatige Expedition in das Siedlungsgebiet der Ostjaken, eines finnisch-ugrischen Volkes in Westsibirien, unternommen. Seine Sammlungen machten ihn zu einem der wichtigsten Erforscher der Sprache, Literatur, Mythologie und Folklore des Ostjakischen.

Wolfgang Steinitz, 1905 in Breslau geboren, hatte in Breslau und Berlin Finno-Ugristik studiert, nach dem Studium eine Stelle als Assistent am Ungarischen Institut der Berliner Universität erhalten und war 1927 der KPD beigetreten.

Im April 1933 verlor er wegen seiner jüdischen Herkunft die Assistentenstelle am Berliner Ungarischen Institut. Seine Doktorarbeit «Der Parallelismus in der finnisch-karelischen Volksdichtung» wurde in Finnland gedruckt. Der Doktortitel wurde ihm 1934 zuerkannt.



In Stockholm wurden Jakobson und Steinitz Freunde. Sie trafen sich jede Woche mit János Lotz und nannten sich – in Anlehnung an den Prager Linguistenkreis – «Cercle linguistique de Stockholm».

Als Jakobson sich 1941 von Steinitz verabschiedete, weil er eine Professur an der Columbia University angeboten bekommen hatte, soll er die Hoffnung geäußert haben, Steinitz werde ihm in die USA folgen. Aber Steinitz wollte nach Deutschland. Im Januar 1946 kehrte er zurück – in die Sowjetische Besatzungszone. Die Familie folgte später nach.

Er verfaßte ein Lehrbuch der russischen Sprache, das in der Sowjetischen Besatzungszone und in der DDR für lange Zeit maßgeblich blieb.

Als Vizepräsident der Akademie der Wissenschaften in Ostberlin von 1954 bis 1963 lud Steinitz seinen Freund und Kollegen Jakobson, der seit 1949 an die Harvard University berufen worden war und zugleich am Massachusetts Institute of Technology (MIT) lehrte, in den fünfziger und sechziger Jahren mehrmals nach Ostberlin ein. Jakobson kam. Er wohnte stets bei Steinitz in Berlin-Hessenwinkel.

Bei einem seiner Besuche hielt er im überfüllten Plenarsaal der Akademie einen Vortrag. Um Lenin zu ironisieren, zitierte Jakobson in seinem Vortrag einen Leninschen Satz, den jedes Schulkind in der DDR kannte: «Lernen, lernen und nochmals lernen».

Jakobson hatte einen Zettel in der Rechten, hielt ihn weit von sich und las: «Lernen, lernen und nochmals ...» Er drehte den Zettel um und las: «... lernen».

Großes Gelächter.

Im Hause Steinitz lernte ich Jakobson kennen. Eines Tages hieß es, er und Steinitz wollten im nahegelegenen Dämeritzsee schwimmen. Seine Tochter Renate, die ich 1959 geheiratet hatte, und ich begleiteten die beiden.

Aber Jakobson und Steinitz wollten gar nicht schwimmen. Sie krempelten die Hosenbeine hoch und wateten in den See. In gehöriger Entfernung vom Ufer, als ihnen das Wasser schon bis zu den Knien reichte, blieben sie stehen und redeten miteinander.

Jetzt waren sie sicher. Niemand konnte ihr Gespräch hören.

# Moskau

Vom 5. bis 10. September 1992 fanden in Moskau anläßlich der Eröffnung des Goethe-Instituts, das damals seinen Sitz in der ehemaligen DDR-Botschaft am Lenin-Prospekt hatte, literarische Veranstaltungen statt, die auf deutscher und österreichischer Seite von Fritz Rudolf Fries, Ursula Krechel, Herta Müller, Oskar Pastior, Gerhard Rühm, Robert Schindel und mir bestritten wurden. Russische Vertreter waren Andrei G. Bitow, Wladimir S. Makanin und Jewgeni A. Popow. 

Kathinka Dittrich, die Gründerin des Moskauer Goethe-Instituts, war damals die Direktorin, und sie leitete die Veranstaltungen.

(Seit über einem Jahr war Boris Jelzin russischer Präsident.)

Wir wohnten in einem pompösen Hotel aus der Sowjetzeit: Große Zimmer, hohe Decken, dicke Teppiche, bodenlange Samtvorhänge.

Das erste Frühstück: Kein Büfett, keine Kellner. Wir warteten. Thomas Reschke, bekannter Übersetzer aus dem Russischen, der für uns dolmetschte, rief nach dem Kellner.

Es erschien ein Befrackter.

«Ohne Deemark kein Frühstück.»

Thomas Reschke bestand darauf. Die Zimmer seien inklusive Frühstück gebucht, also erwarteten wir das auch.

Jemand von uns sagte:

«Wie viel?»

Der Befrackte sagte:

«Zwei Deemark»

Jemand von uns sagte:

«Okay. Legen wir Geld auf den Tisch.»

Jeder legte zwei oder drei D-Mark hin.

Da öffnete sich die Tür zur Hotelküche, und es wurde aufgetischt, was ein russisches Frühstück bietet: Schwarzer Tee und Kaffee, Smetana, Weißbrot, Graubrot, gekochte Eier, mit Rinderhack gefüllte Teigtaschen (Pelmeni), Pfannkuchen (Bliny), Quarkbällchen (Syrniki), süßer Buchweizenbrei, Apfelkuchen.

Mittags gingen Robert Schindel und ich in ein sogenanntes Devisen-Restaurant.

Ich sagte zu Jekaterina Turtschaninowa, die meine Erzählung «Fritz» und das Kapitel 66 meines Romans «Tallhover» (über den Tod von Stalins Sohn Jakob Dschugaschwili im Sonderlager Sachsenhausen) übersetzt hatte:

«Kommen Sie doch mit uns ins Restaurant.»

«Nein», sagte sie, «das kann ich mir nicht leisten.»

«Wir laden Sie ein.»

«Nein», sagte sie.

Schließlich ging sie, die zu Mittag immer nur ein Butterbrot und einen Apfel aß, doch mit uns mit.

Auf der Straße begegneten uns junge Bettler. Sie wollten «Eine Zigarette» oder «Eine Deemark».

Am Abend in der Hotelbar. Im hinteren Bereich saßen an kleinen Tischen junge Frauen in Unterwäsche.

Jemand von uns ging hin und fragte auf Englisch:
«Was bedeutet das. Warum sitzen Sie in Unterwäsche in einer Bar?»
Er kam zurück und sagte:
«Eine Nacht für zehn Dollar.»
Zum Programm gehörte eine Stadtrundfahrt. Die Stadtführerin dirigierte den Bus zu großen sowjetischen Hotels. Wenn wir an diesen Hochhäusern vorbeifuhren, nannte sie die Anzahl der Zimmer:
«Hundert Zimmer», «Hundertfünfzig Zimmer», «Zweihundert Zimmer.»
Einmal kam ihr jemand zuvor und rief:
«Tausend Zimmer.»
Natürlich wollten wir den berühmten Neujungfrauen-Friedhof (Nowodewitschi-Friedhof) besichtigen. Am Eingang bot eine Führerin an, den Friedhof zu zeigen.
Sie führte uns zu den Gräbern von Bulganin, Mikojan, Molotow, Gromyko, Chruschtschow und und und.
Herta Müller sagte:
«Wir haben genug Funktionärsgräber gesehen. Zeigen Sie uns die Gräber von Dichtern.»
Das konnte oder wollte die Führerin nicht.
Eine Friedhofsbesucherin, die in der Nähe stand, sagte:
«Die kann ich Ihnen zeigen.»
Wir schlossen uns der Frau an.
Oskar Pastior wollte das Grab von Welimir Chlebnikow sehen.
Die Frau führte uns zu seinem Grab und zu den Gräbern von Nikolai Gogol, Anton Tschechow, Ossip Brik, Wladimir

Majakowski, Samuil Marschak, Michail Bulgakow und von Sergei Eisenstein, Konstantin Stanislawski und und und.

Als wir den Friedhof wieder verlassen hatten, fehlte Fritz Rudolf Fries. Wir warteten und warteten.

Endlich kam er mit seinem Stöckchen herausspaziert.



«Wo waren Sie, um Gottes willen.»

«Ich habe mich hinter einem Grabstein ausgeruht.»

## New York 1993, Das Wort «Frau»

Heute Vormittag bestieg ich ein Taxi. 

Der Fahrer hörte sich mein Fahrziel an und sagte:

«Ich weiß nicht, was Sie darüber denken, aber ich will nie mehr etwas mit Frauen zu tun haben. Ich bin nicht schwul, im Gegenteil. Aber ob es eine Ägypterin oder eine Chinesin oder eine Polin oder eine Deutsche ist – sie alle brauchen nur den Mund aufzumachen, und schon lügen sie.»

Ich sagte:

«Auch Schwedinnen?»

«Auch Schwedinnen. Ich hatte schon viele Frauen. Alle haben mich belogen. Die letzte Frau, die ich hatte, war eine Türkin. Sie war die Lüge selbst. Sie hat mich vernichtet. Jetzt fahre ich Taxi. Das Wort ‹Frau› ist für mich mit dem Wort ‹Lüge› identisch.»

Ich sagte:

«Übertreiben Sie auch nicht?»

# Ann Gilbert, verheiratete Getty



Ann Gilbert, geboren 1941, wuchs seit ihrem 12. Lebensjahr in Wheatland im Central Valley in Kalifornien auf.

Nach dem Studium der Anthropologie und Biologie an der University of California, Berkeley, arbeitete sie in San Francisco, wo sie Gordon Getty traf, der einen Bachelor in Music vom San Francisco Conservatory of Music erwarb und den sie 1964 heiratete. 1976, nach dem Tod seines Vaters, des Öl-Milliardärs J. Paul Getty, übernahm er das väterliche Unternehmen Getty Oil und verkaufte es für 10 Milliarden US-Dollar an den Konzern Texaco.

4 Milliarden US-Dollar vom Verkaufserlös flossen in eine Familienstiftung, deren Präsident Gordon Getty wurde und die es Ann Getty ermöglichte, ihrer philanthropischen Neigung zu folgen.

Der österreichisch-britische Verleger George Weidenfeld (1919–2016), der nach dem «Anschluß» Österreichs an das Deutsche Reich 1938 nach London emigriert war, gründete 1945 den Verlag Weidenfeld & Nicolson. Der Verlag veröffentlichte als erster Vladimir Nabokovs Roman «Lolita» und spezialisierte sich auf Biographien, darunter die Memoiren von Charles de Gaulle, Konrad Adenauer, Golda Meir, Henry Kissinger.

1985 expandierte Weidenfeld in die USA und kaufte zusammen mit Ann Getty den Verlag Grove Press, der später mit der New Yorker Niederlassung von Weidenfeld & Nicolson fusionierte.

George Weidenfeld war Ann Gettys Geschäftspartner, Mentor und väterlicher Freund.

Eines ihrer großen gemeinsamen Projekte war die internationale Verlegerkonferenz im Juni 1990 in San Francisco, die sogenannte Wheatland Conference on World Literature, benannt nach dem Ort, in dem sie aufgewachsen war. 

Ann Getty und George Weidenfeld luden auf ihre Kosten Verleger aus der ganzen Welt nach San Francisco ein. So auch Heinrich Maria Ledig-Rowohlt und seine Frau Jane.

Da die Verleger Autoren ihrer Verlage zur Konferenz mitbringen konnten, fragte Ledig mich.

Auf Podien berichteten die Verleger und ihre Autoren über die Situation ihrer Häuser in ihren Ländern.

An einem der Abende waren die Verleger und Autoren zum Dinner in das Haus von Getty eingeladen.

Die Busse fuhren vor, und Gettys Bodyguards überprüften peinlich genau die Identität jedes einzelnen Gastes.

An den Wänden des Foyers hingen Gemälde von Edgar Degas.

Im Marmorsaal, der mit antiken Skulpturen versehen war, standen ein großer runder Tisch für die Verleger und kleinere Tische für die Autoren. Goldumrandete Teller und goldenes Besteck auf dem Verlegertisch, silberumrandete Teller und silbernes Besteck auf den Autorentischen.

Am Verlegertisch saßen Ann und Gordon Getty, neben ihm Inge Feltrinelli, dann noch Ledig-Rowohlt, George

Weidenfeld und andere. Als der Platz auf Feltrinellis anderer Seite frei wurde, winkte sie mir zu, ich möge zum Verlegertisch kommen. Das wollte ich nicht.

Inge Feltrinelli erhob sich, kam an unseren Tisch und sagte:



«Der Öl-Milliardär Gordon Getty interessiert sich überhaupt nicht für Erdöl. Er ist Komponist. Er hat Opern komponiert. Aber man soll in seiner Gegenwart nicht davon sprechen. Sonst steht er auf und singt eine Arie.»

Inge Feltrinelli sagte noch:

«Ann Getty möchte nächstens zu einer internationalen Archäologen-Konferenz einladen. Sie hat schon Kontakt zu dem Chef der ägyptischen Altertümer Zahi Hawass.»

Nachdem die Vorspeisen serviert waren, stand ein schwarzer Schriftsteller auf und sagte:

«Ich halt das hier nicht mehr aus. Ich hau ab.»

Ich ging ihm nach. Er stand im Foyer neben der Eingangstür. Ich sagte:

«Was tun Sie hier. Sie wollten doch gehen.»

Er wies auf die offene Tür zu einem benachbarten Raum und sagte:

«Dort hocken die Bodyguards und trinken Bier. Sie lassen mich nicht gehen. Ich könnte ja wiederkommen wollen, und dann wüßten sie nicht, ob ich zu den bereits Kontrollierten gehöre.»

Am letzten Abend der Konferenz gab es ein Dinner, auf dem George Weidenfeld eine launige Abschiedsrede hielt. Mir ist im Gedächtnis geblieben, daß er mit dem US-Präsidenten George H. W. Bush auf Du und Du stand und ihn «this nice guy» nannte.

Das Dinner fand im Kunstmuseum Legion of Honor im Lincoln Park statt, das von Ann Getty gemietet worden war, die selber eine bedeutende Sammlung von Gemälden zusammengetragen hatte, unter anderen von Henri Matisse, Claude Monet, Toulouse-Lautrec, Edgar Degas, Edouard Manet, Picasso, Pissarro.



Man konnte ohne weiteres in die Ausstellungsräume gehen. Das wollte ich. Ich wanderte durch die Gemäldegalerie. Nirgends Sicherheitspersonal.

Zu einem von Ann Gettys Mitarbeitern sagte ich:

«Niemand bewacht die Gemälde. Ein böser Mensch könnte sie zerstören.»

Er zuckte nur mit den Schultern:

«Ist doch alles versichert.»

Ich mußte an das Dinner im Hause Getty denken.

Ein südkoreanischer Schriftsteller war im Empfangssaal an das Panoramafenster getreten und blickte auf die Bucht von San Francisco. Die Golden Gate Bridge im Abendlicht, die Umrisse der Insel Alcatraz.

Ich stand neben ihm.

Er sagte:

«So wohnen die.»

# Maschinenmaler



Konrad Klapheck (1935–2023), Maler und Graphiker, Professor für Freie Malerei an der Düsseldorfer Kunstakademie, wurde in den sechziger Jahren berühmt mit seinen ironisch verfremdeten Gemälden technischer Geräte – Schreibmaschinen, Nähmaschinen, Fahrräder, Wasserhähne, Duschköpfe, Telefone, Werkzeuge, Alltagsgegenstände –, die mit höchster Präzision ausgeführt sind. Man nannte ihn den «Maschinenmaler» – ein legitimer Erbe des Surrealismus, ein Vorläufer von Fotorealismus und Pop Art, der heute als Klassiker der Nachkriegszeit-Avantgarde angesehen wird.

Klapheck empfand eine Verwandtschaft seines Malstils mit meinem Schreibstil. Er schrieb, meine «gestalterische Sorgfalt bis in die kleinsten Nebensätze» seien für ihn «immer vorbildlich» gewesen.

Im Jahr 2001 hat Konrad Klapheck mich porträtiert (Kohle auf Ingrespapier). Das Porträt ist in seinem Band «Porträtzeichnungen» enthalten.

Zwei meiner Lesungen in der Buchhandlung «Müller & Böhm» im Heine-Haus Düsseldorf hat Konrad Klapheck eingeleitet.

Rudolf Müller, der Inhaber der Buchhandlung, schrieb mir, wie es dazu kam:

«Seinerzeit gab es die Mode, Schriftsteller über Museen schreiben zu lassen, über Künstler oder über Bilder. Wir dachten damals, wir könnten das doch einfach umdrehen. Nicht die Schriftsteller befördern die Bildenden Künstler, sondern die Bildenden Künstler befördern die Schriftsteller. Sie sollten freie Hand haben und einladen, wen sie möchten, und diesen am entsprechenden Abend vorstellen. In diesem Zusammenhang hatten wir Konrad Klapheck angesprochen, und sein Wunschkandidat war spontan Hans Joachim Schädlich. ... Die Lesung fand statt am 16. Juli 2009 unter dem Reihentitel ‹Kunst trifft Literatur›. Der Abend wurde angekündigt: ‹Konrad Klapheck trifft Hans Joachim Schädlich. Über Form und Inhalt. Ein Gespräch›.»



An diesem Abend habe ich aus meinem Erzählungsband «Vorbei» gelesen.

Ein dreiviertel Jahr später, am 15. April 2010, las ich aus «Kokoschkins Reise». Diese Lesung leitete wiederum Konrad Klapheck ein.

Konrad Klapheck hat mich und meine Tochter Anna einmal durch sein Atelier in der Düsseldorfer Kunstakademie geführt. Ich erinnere mich besonders gut an ein großformatiges Gemälde einer Jazzband und an seine Äußerung:

«Leider muß ich Ihnen sagen, daß höchstens zwei Prozent der Absolventen von der Malerei leben können.»

Ich habe Konrad Klapheck auch in seinem Haus besucht, seinem Elternhaus, in dem er bis zum Ende gewohnt hat. Er ist am 30. Juli 2023 gestorben.

# Deckname Wilhelm



1992 entdeckte ich bei der Einsicht in die Stasiunterlagen in der «Gauck-Behörde» (BStU), daß mein Bruder, ehemaliger Mitarbeiter des Instituts für Geschichte der DDR-Akademie, Dr. Karlheinz Schädlich, von 1975–1989 als «Inoffizieller Mitarbeiter» des DDR-Ministeriums für Staatssicherheit unter dem Decknamen «Schäfer» tätig gewesen war und mich und viele andere bespitzelt hat. Meine Aufforderung an ihn war:

Du mußt denjenigen, die du bespitzelt hast, Bescheid geben.

Mein Bruder rief unter anderen seinen früheren Chef im Institut für Geschichte, Prof. Dr. Fritz Klein, an und sagte, er müsse ihm offenbaren, daß er IM der Stasi gewesen sei.

Prof. Dr. Fritz Klein antwortete, gerade habe er ihn anrufen wollen, um ihm zu sagen, daß er seit 1979 IM der Stasi unter dem Decknamen «Wilhelm» ...

# Dobříš

Dobříš, eine kleine Stadt nahe Prag, berühmt für das Schloß. 

Das Schloß war während der kommunistischen Herrschaft Sitz des tschechoslowakischen Schriftstellerverbandes.

Václav Havel, als Schriftsteller und Oppositioneller vom kommunistischen Regime verfolgt und eingesperrt, hatte gesagt, er werde das Schloß nie betreten.

Die Schriftsteller-Gruppe 47 sollte im Oktober 1968 im Schloß Dobříš tagen. Der Einmarsch der Warschauer-Pakt-Truppen in die Tschechoslowakei im August 1968, die den «Prager Frühling» gewaltsam beendeten, verhinderte die Tagung.

Im Mai 1990 (25.–27.5.), nach dem Ende des Kommunismus in der Tschechoslowakei, versammelte sich die Gruppe 47 doch noch im Schloß.

Eingeladen von Hans Werner Richter waren die Veteranen der Gruppe und eine Reihe jüngerer Autoren. Und natürlich Kritiker, darunter der Literaturwissenschaftler Professor Hans Mayer.

Václav Havel trat im Mai 1990 schließlich doch im Schloß Dobříš ein, um der Gruppe 47 die Ehre zu erweisen.

Am Vorabend der Tagung saßen Hans Werner Richter, Günter Grass, Walter Höllerer und andere Teilnehmer beisammen.

Hans Werner Richter sagte:
«Hans Mayer hat abgesagt. Die Reise ist ihm zu teuer.»
Jemand sagte:
«Von Tübingen nach Prag?»
«Mit dem Taxi, mit etwas anderem fährt er nicht», sagte Richter.

# New York und Carlisle, PA

Der Deutsche Literaturfonds in Darmstadt sprach mir 1992 das New-York-Stipendium zu. Er stellte die Mittel für die Reise und für einen 2 1/2-monatigen Aufenthalt zur Verfügung. 

Am 18. November 1993 traf ich in New York ein.

Das Deutsche Haus der New York University wies mir eine Wohnung in einem der Silver Towers, 100 Bleecker Street, zu. Die Silver Towers sind zwei 58-stöckige Wolkenkratzer in Manhattan.

Der Gründer und Direktor des Deutschen Hauses, 42 Washington Mews, Professor Volkmar Sander, Leiter des German Department der New York University, wohnte mit seiner Frau Margret im selben Wolkenkratzer, mehrere Etagen über mir.

Im Deutschen Haus fanden Vorträge, Kolloquien, Symposien, Seminare und Schriftsteller-Lesungen statt, und es wurde Deutsch unterrichtet.

Die Sanders luden mich zum Tee ein. Aus ihrer Wohnung hatte man einen atemberaubenden Blick auf Manhattan.

Ein Kuriosum am Rande:

Volkmar Sander war starker Raucher. Im Deutschen Haus war Rauchen verboten. Aber Direktor Sander erteilte sich die Erlaubnis, als einziger im Haus rauchen zu dürfen. Und alle akzeptierten das.

Nach der Emeritierung ging Sander mit seiner Frau nach Deutschland zurück. Ich glaube, sie wohnten in Erbach im Odenwald.

Im Literaturhaus Darmstadt habe ich Volkmar Sander wiedergesehen. Er kam zu meinen Lesungen.



An Arbeit habe ich in New York kaum gedacht. Ich wollte die Stadt kennenlernen.

Mit New York verbinde ich zuallererst die Erinnerung an das Lincoln Center mit der Metropolitan Opera und dem New York Philharmonic.

Als Luciano Pavarotti an der Metropolitan Opera in seiner Paraderolle als Rodolfo in Puccinis Oper La Bohème auf die Bühne kam, brüllten die Zuschauer wie verrückt:

«Päwäratti, nice guy!»

In verschiedenen Aufführungen habe ich beobachtet: Zuschauer aus den teuersten ersten Reihen im Parkett verließen in der Pause die Oper. Zuschauer von den Rängen nutzten die Gelegenheit, eilten ins Parkett und setzten sich auf die leer gewordenen Plätze.

Die New Yorker Philharmoniker habe ich nur einmal gehört. Der Dirigent hieß Kurt Masur.

Über Weihnachten 1993 besuchte mich aus Los Angeles meine Tochter Susanne.

Ein Mal waren wir auf dem Empire State Building. Ein anderes Mal waren wir in dem Jazzkeller «Michael's Pub», 211 East 55th Street, wo früher Woody Allen Klarinette gespielt hatte.

Wir gingen in das jüdische Restaurant «Olive Tree» in der

117 Macdougal Street. Die Tischplatten waren aus Schiefer. Auf den Tischen standen Becher mit bunten und weißen Kreidestiften. Man konnte auf den Tischplatten malen und schreiben.

An der Wand ein großer Bildschirm: Es liefen ununterbrochen Chaplin-Filme.



Meine Unternehmungen in New York galten den üblichen Touristenzielen: Chinatown, Essen in der Canal Street.

SoHo, Besuch von Galerien, darunter eine Ausstellung von Konrad Klapheck.

Spaziergänge zum Washington Square Park und seinem Triumphbogen.

Wanderung durch das Finanzviertel (Wallstreet) zum Battery Park an der Südspitze Manhattans, nahe dem World Trade Center. In einem riesigen Geschäft für CDs und Schallplatten habe ich oft eingekauft: Das wurde der Grundstock meiner CD-Blues-Sammlung.

In einem Supermarkt nahe den Silver Towers, der 24 Stunden geöffnet war, haben am Ende der Kassen junge Schwarze die Einkäufe in Tüten gepackt und für ein, zwei Dollars zum Haus des Kunden getragen.

Für das Jahr 1994 war ich als Writer in Residence ans Dikkinson College in Carlisle, Pennsylvania, eingeladen worden.

Anfang Februar, mitten im Winter, schickte das College einen Wagen nach New York, um mich nach Carlisle zu bringen.

Die Fahrt, rund 300 Kilometer, über Allentown und Harrisburg, dauerte reichlich vier Stunden.

Die Fahrerin brachte mich in Carlisle zu einem Haus in der Pomfret Street. Hier begrüßte mich Professor Wolfgang Müller, der Chef des German Department am College.

Das Haus mit 12 Zimmern gehörte einem Professor, der



vorübergehend im Ausland lebte.

Kurz nach meiner Ankunft in Carlisle brach ein Schneesturm los. Es schneite eine Woche lang.

Der Schnee hüllte die Stadt in eine zwei Fuß hohe Schneedecke. Autos, die am Straßenrand geparkt waren, verschwanden ganz und gar unter dem Schnee.

Ich blieb im Haus. Für Lebensmittel und Getränke hatte Wolfgang Müller vor meiner Anreise gesorgt.

Schließlich fuhren riesige Schneeräum-Fahrzeuge die Pomfret Street entlang. Auf den Bürgersteigen arbeiteten Leute mit Schneefräsen.

Der Weg vom Haus in der Pomfret Street zu dem großen Gebäude (Bosler Hall) auf dem College-Gelände, in welchem das German Department und andere Departments ihren Sitz hatten, ist nicht weit.

Fast jeden Tag traf ich Wolfgang Müller in seinem Office. Er führte mit mir ein ausführliches Gespräch über biographische, historische und literarische Aspekte, das zuerst 1995 im GDR Bulletin und im Februar 1999 zusammen mit zwei Studien von ihm als Band 13 des Instituts für kulturwissenschaftliche Deutschlandstudien der Universität Bremen erschienen ist.

Wolfgang Müller, seine Frau Jane Peterson und ich wurden Freunde. Sie luden mich oft zu sich nach Hause ein.

Ihnen verdanke ich mein Verständnis und meine Kenntnis von den USA der damaligen Zeit.

Im Frühjahr 1994 half mir Wolfgang Müller, einen gebrauchten Wagen zu kaufen – einen großen beigefarbenen Cadillac.



Im Mai kam meine Schwester Hannelore Dege mit ihren beiden Söhnen Peter, 32 Jahre alt, und Stefan, 26 Jahre alt, aus Ostberlin nach Carlisle.

Wir fuhren mit dem Cadillac nach New York.

Auf dem Empire State Building stand meine Schwester eine ganze Weile allein an der Balustrade und blickte auf Manhattan. Ich ging zu ihr hin und sah, daß sie weinte.

Sie sagte:

«Die DDR-Herrscher wollten, daß wir New York nie sehen.»

Vor dem UN-Hochhaus kaufte meine Schwester von einem russischen Straßenhändler eine Matrjoschka: bunt bemalte, ineinander geschachtelte Holzpuppen.

Wir wanderten ein Stück die Fifth Avenue entlang bis zum Central Park in der Upper East Side, gingen in den Park und fuhren natürlich auch zum Liberty Island im New Yorker Hafen, um die Freiheitsstatue anzusehen.

Mit meiner Schwester und ihren Söhnen fuhr ich von Carlisle nach Harrisburg und flog nach Los Angeles, wo meine Tochter Susanne lebte.

Eine Bekannte Susannes brachte meine Schwester und ihre Söhne in ihrem Haus unter. Ich wohnte im Hotel.

An einem Morgen waren Peter und Stefan verschwunden,

ohne Geld, ohne die Fähigkeit, sich sprachlich zu verständigen, ohne Handy, was zu der Zeit noch nicht erfunden war, und hatten sie überhaupt die Adresse? Wir waren in heller Aufregung. Stundenlang warteten wir. Wie sich später herausstellte, waren sie zu Fuß, ohne die Entfernung zu kennen, von West Hollywood zum Pazifik gelaufen, um einmal in ihrem Leben diesen Ozean zu sehen. In der Dunkelheit kamen sie, völlig erschöpft, zurück. Wie, das habe ich vergessen. Wir waren nur froh, sie im Dschungel von Los Angeles nicht verloren zu haben.



In einem Auto, das Susanne gemietet hatte, fuhren wir alle durch die Wüste in die Glitzerstadt Las Vegas.

In unserem Hotel gingen wir ins Spielkasino und verspielten manchen Dollar. Aber Stefan gewann. Plötzlich spuckte sein Spielautomat Münze um Münze aus.

Am nächsten Tag fuhren wir ins legendäre Death Valley.

Am Aussichtspunkt Zabriskie Point stiegen wir aus.

Es war so heiß, daß ich auf der Stelle wieder in den klimatisierten Wagen verschwand.

Die anderen schwärmten aus und bestaunten das felsige Panorama.

Für meine Schwester und ihre Söhne waren die Tage in Carlisle, New York, Los Angeles, Las Vegas und im Death Valley unvergeßlich.

Am College lernte ich die Germanistin Professor Beverley Eddy und ihren Mann Truman kennen. Er unterrichtete am Gettysburg College. Durch Beverley Eddy wurde ich mit ihren Freunden, dem Physiker Professor Hans Pfister und dessen damaliger Frau Laurel Cohen vom Gettysburg College bekannt.

Und Wolfgang Müller und Jane Peterson machten mich bekannt mit ihrer Freundin Barbara Diduk, der Keramikerin am Kunst-Department.

In Carlisle schrieb ich erste Teile meiner Erzählung «Jetzt, wo alles zu spät is», die 1995 zusammen mit der Erzählung «Mal hören, was noch kommt» erschienen ist. 

Am 9. August 1994 reiste ich nach Deutschland zurück.

Den Cadillac konnte ich nicht rechtzeitig verkaufen. Er blieb an Wolfgang Müller hängen, der ihn schließlich losgekriegt hat.

# Carol Jacobs



Professor Carol Jacobs vom German Department der Yale University sagte bei einem Essen beiläufig:

«Mein Vater ist aus Bagdad in die Staaten gekommen. Wissen Sie, 1948 lebten im Irak noch über hunderttausend Juden. Aber nach dem arabisch-israelischen Krieg verließen wegen der antijüdischen Pogrome fast alle das Land. Die meisten gingen nach Israel.»

Bevor Professor Carol Jacobs 2002 nach Yale kam, unterrichtete sie an der Johns Hopkins University, wo sie promoviert hatte, an der New York University und in Buffalo.

Sie veröffentlichte Arbeiten über Lessing, Kleist, Nietzsche, Benjamin, Rilke, Sophokles, Plato.

Bescheidenheit und Selbstironie kamen in dem Satz zum Ausdruck:

«Ich habe keine Ahnung, wieso ich an die Yale University berufen wurde.»

# Heinrich Maria Ledig-Rowohlt

In all den Jahren, in denen ich Ledig kannte, habe ich nie gehört, daß jemand Ledig nicht mochte. (Wahrscheinlich gibt es jemanden, aber ich weiß nichts davon.) Ich habe oft gehört, daß jemand Ledig mochte – oder, daß jemand Ledig liebte. Das Bekenntnis der Zuneigung und Liebe zu Ledig bekundet zuallererst etwas über diejenigen, die Ledig mochten und liebten. 

Von Ledig aber ist zu bekunden, daß er selber ein Liebender war. Daß er sich um andere sorgte, daß er für andere sorgte – männlich, freundschaftlich, brüderlich, väterlich. Ja, gerade das auch – väterlich. Ledigs Liebe zu jemandem, Ledigs Sorge um jemanden und für jemanden mochte fast schüchtern sich äußern. Sie verschafften Ruhe, Gelöstheit, Zuversicht.

Ich lernte Ledig erst Ende 1977 kennen. Er empfing mich in seinem Verlagsbüro, das mir riesig vorkam. Ich bewegte mich unsicher auf ihn zu. Am Schreibtisch Heinrich Maria Ledig-Rowohlt – ein legendärer Mann, nach Leistung und Kraft eine Erscheinung von höchsten Graden. Wie sollte ich ihm begegnen? Ich bedankte mich in aller Form für eine wunderbare Tabakspfeife von Dunhill, die er mir hatte schicken lassen. Ledig war aber ganz schlicht. Irgendein günstiger Gott erlaubte mir die Einsicht: Ledig ist ein einfacher, bescheidener Mann.

Auf der Wheatland-Konferenz in San Francisco, im Juni 1990, schlug er mir vor, mit ihm und Jane eine Autoreise ins Napa Valley zu unternehmen.

Bei einer Rast auf einem Weingut, in dem Probier- und Verkaufsraum, mochte er gar nicht verstehen, daß ihm ein Angestellter die Zigarre wegnehmen wollte.



Ledig gab die Zigarre schließlich her, mit der Bemerkung: «Das ist ja schlimmer als ...»

Am Ende des Besuches steckte er sich nicht etwa eine neue an; er fragte den Angestellten:

«Und wo ist meine Zigarre?»

Ich hatte im Auto keinen Wein getrunken und in dem Weingut auch nicht ... Nur im Rauchen hielt ich mit – allerdings nicht ohne Bedenken. Irgendwann sagte ich:

«Ich möchte so alt werden wie du; da muß ich wohl bald ein bißchen gesund leben.»

Ledig sah mich an und sagte:

«Du mußt nicht gesund leben – du mußt leben.»

Fast am Ende der Fahrt eine letzte Rast auf der Terrasse des Alta Mira in Sausalito. Der Blick ging über die Bay nach San Francisco; das Grün der nahen Hügel, die Segel der fernen Boote im Licht des späten Nachmittags – auf den Gesichtern von Ledig und Jane einfache Freude.

Wir tranken Ramos Fizz – der Kellner sagte: Gin, Orange Blossom, Triple Sec, half milk, half cream, und oben drauf ein bißchen Zimt –, und Jane, fast ohne Ironie und natürlich meinte sie diesen Tag –, sagte:

«Jetzt haben wir den Zenit erreicht.»

Ledig freute sich. Er war ein *freudiger* Mensch. Er freute sich still, und die Freude war für ihn ein großer Spaß.

Ist es verwunderlich, daß Ledig ein Mann war, der leicht verletzt werden konnte? Ein verletzlicher Mann und ein verletzter? Und es *gab* Leute, die ihn – willentlich oder nicht – verletzt haben. Das wissen wir schon. Von Ledig ist aber zu bekunden, daß er ein verzeihender Mensch war.

Ich habe erlebt, daß ihm jemand in einer Gesellschaft allzu nahe kam mit einer verletzenden Anmaßung. In dieser Lage, nämlich angesichts anderer Anwesender und deshalb noch mit einer Rücksicht auf den Anmaßenden, rief Ledig:

«Wie das?»

Mit einem einzigen winzigen Satz wies er jemanden ab und hielt ihm noch die Hand hin.

Meine Erinnerungen an Ledig führen mich zur ursprünglichen Bedeutung des Wortes «Tugend». Sie meint: Vortrefflichkeit, und beschreibt eine Ausstattung der menschlichen Natur, welche den Menschen befähigt, die ihm gegebenen Möglichkeiten ganz zu erfüllen.

Vortrefflich nenne ich Ledig! Und wie von selbst erklärt sich aus antiker Tugendhaftigkeit die Kraft, mit welcher er bürgerliche Konventionen sprengte – aus Liebe zur Freiheit (zuallererst aus Liebe zur Freiheit anderer)!

# Stille Post



Zu dem 1. Internationalen Kongress des Portugiesischen Germanistenverbandes, der vom 25. bis 27. Januar 1996 in der Universität Coimbra stattfand, war ich für den 26. Januar zu einer Lesung vor dem Plenum eingeladen.

Zur Einführung sagte ich unter anderem:

«Ich danke es der Präsidentin des Kongresses, Frau Professor Maria Manuela Delille, dem Direktor des Goethe-Instituts Coimbra, Herrn Karl Heinz Delille, und dem Kulturdezernenten von Coimbra, Herrn Vasco Pereira da Costa, daß ich hier sein kann und vorlesen darf.

Ich lese aus meinem 1995 erschienenen Buch den Anfang der ersten Erzählung ‹Mal hören, was noch kommt›.»

Ein schwedischer Germanist, Gast des Kongresses, sagte zu mir:

«Ich saß am Rand einer Sitzreihe mit lauter portugiesischen Studentinnen. In Ihrem Text kam das Wort ‹Möse› vor. Die Studentin neben mir fragte mich: ‹Was ist Möse?› Ich sagte es ihr. Sie sagte es ihrer Nachbarin, und wie ein Lauffeuer ging es durch die Sitzreihe.»

Die Präsidentin des Kongresses, Frau Professor Delille, sagte zu mir:

«Diesen Text hätten Sie nicht vorlesen sollen. Wir sind schließlich ein katholisches Land.»

## «Hier wohnt unser John»

Im Herbst 2005 absolvierte ich, ausgehend von Carlisle, PA, Lesungen im Goethe-Institut Boston, an der Yale-University in New Haven und im Goethe-Institut Chicago. Beeke Sell Tower, seit 1987 Program Coordinator for Art, Literature and Politics, betreute mich. Sie moderierte auch meine Lesung am Goethe-Institut.



Sie sagte:

«Ich bin 1948 in Schleswig geboren, ging 1969 in die USA und studierte an der Brown University Kunstgeschichte.»

Beeke Sell Tower promovierte 1978 und unterrichtete am Massachusetts Institute of Technology (MIT), an der Brown University und an der University of California.

1981 veröffentlichte sie «Klee and Kandinsky in Munich and at the Bauhaus» und 1990 «Envisioning America. Prints, Drawings and Photographs by George Grosz and his Contemporaries 1915–1933».

Mit ihr spazierte ich durch Boston. Wir gingen in den schönen Public Garden. Sie führte mich zum Museum of Fine Arts. Und wir standen vor dem John Hancock Tower mit seinen 62 Stockwerken und der blauen Glasfassade.

In der Beacon Hill Street sagte sie:

«Hier wohnt unser John.»

Sie meinte den Senator John Kerry, der später der 68.

Außenminister der USA im Kabinett von Barack Obama wurde.

Ich hatte ihr irgendwann erzählt, daß ich in Ostberlin vor Jahren Roman Jakobson kennengelernt hätte, der seit 1949 Professor an der Harvard University gewesen sei.



Als sie am nächsten Tag mit mir zur Harvard University im nahen Cambridge fuhr, zeigte sie in der Professoren-Mensa auf einen großen runden Tisch:

«Hier hat Jakobson residiert.»

# Übersetzer

Der französische Philosoph und Schriftsteller Maurice Blanchot schrieb: 

«Sollte man ... weiterhin sagen: hier sind die Dichter, da die Romanautoren, ganz zu schweigen von den Kritikern, die allesamt für den Sinn der Literatur verantwortlich sind, so muß man zugleich die Übersetzer als Schriftsteller der rarsten und wirklich unvergleichlichsten Art hinzuzählen.» Der Übersetzer war für Blanchot «Fährmann zwischen den Gestaden».

Einige der Übersetzer und Übersetzerinnen, die Bücher von mir übersetzt haben, konnte ich persönlich kennenlernen.

Bernard Lortholary verdanke ich meinen ersten Aufenthalt 1978 in Paris. Im Goethe-Institut besprach er mit mir seine Übersetzung von «Versuchte Nähe», die 1979 bei Gallimard erschien. Ferner übersetzte Lortholary «Tallhover», 1988, und «Ostwestberlin», 1990, beide ebenfalls bei Gallimard.

Seine Frau Jeanne Etoré übersetzte mit ihm «Der Sprachabschneider», erschienen 1990 bei Flammarion.

Die Deutsche Akademie für Sprache und Dichtung verlieh Bernard Lortholary 2012 den Friedrich-Gundolf-Preis für die Vermittlung deutscher Kultur im Ausland. Im Urkundentext heißt es:

«...dem Herausgeber und Übersetzer, dem wir eine umfangreiche Bibliothek deutschsprachiger Literatur in französischer Sprache verdanken.»

Wouter Donath Tieges, durch den ich Amsterdam kennen-

lernte, wurde mein Freund.

Er übersetzte «Versuchte Nähe», 1980, «Tallhover», 1989 (in zweiter Auflage 1996), «Ostwestberlin», 1991, ins Niederländische, alle bei Meulenhoff.

Tieges war nicht nur Übersetzer, sondern auch ein anerkannter Autor. Er veröffentlichte Erzählungen («Wie niet ziet is blind», 1968), Romane («Met hun fikken aan de sarkofaag», 1970; «Maanzaad», 1997) und Gedichte («Witte Adel», 1991).

1996 ist Wouter Donath Tieges im Alter von 51 Jahren gestorben.

Im August 1989 ist die polnische Übersetzung meines Romans «Tallhover» wegen der in Polen herrschenden Zensur bei Puls Publications in London erschienen. Die Exemplare der Londoner Ausgabe wurden nach Polen geschmuggelt. Als Übersetzerin ist auf dem Buch Małgorzata Gorka angegeben. Es ist das Pseudonym von Małgorzata Łukasiewicz, die ich in Westberlin kennenlernen konnte.

Mein Kinderbuch «Der Sprachabschneider» ist ins Französische, Niederländische, Türkische und Chinesische übersetzt worden. Von der deutschen Taschenbuchausgabe wurden bis Mitte 2024 über 348.000 Exemplare verkauft.

Irgendwann fragte mich jemand nach meinem Beruf.

Ich sagte:

«Ich bin ein Kinderbuchautor.»

## New York 1993, «Che gelida manina»



In einer Winternacht begegnete ich einem Mann, der tänzelte. Er hielt vor mir inne und sagte:

«Ich gehöre nicht zu denen, die mit einem Pappbecher herumstehen und um Wechselgeld bitten. Wenn Sie es wünschen, singe ich für Sie.»

Er hob an, die Arie des Rodolfo «Che gelida manina» aus der Oper «La Bohème» zu singen.

Ich empfand den Aufwand, den er mit mir trieb, als unangemessen und rief:

«Bravo!»

Daraufhin unterbrach er seinen Vortrag und sagte in mehreren Weltsprachen «Guten Abend».

Es berührte mich peinlich, daß ich ihm zum Abschied eine unbedeutende Geldsumme in die Hand drückte.

# Nach dem Abitur

Nach dem Abitur, das ich auf der Landesoberschule Templin abgelegt hatte, konnte ich mich am 27. August 1954 an der Humboldt Universität Berlin im Fach Germanistik einschreiben. 

Ich erhielt ein Stipendium von 130,– Mark.

Wo sollte ich als Student in Ostberlin wohnen?

Ich kam zuerst im Studentenwohnheim in Berlin-Biesdorf unter. Vier Studenten teilten sich das Zimmer. Die Betten wurden tagsüber hochgeklappt. Nachts blieb nur ein schmaler Gang zur Tür. An Lernarbeit war in diesem Zimmer nicht zu denken.

Mein Bruder Karlheinz bewohnte als Untermieter zwei möblierte Zimmer in der Prenzlauer Allee. Er trat mir ein Zimmer ab. So wurde ich Untermieter eines Untermieters. Das ging nicht lange gut.

Schließlich fand ich in einer elenden Wohnung in der Auguststraße im Bezirk Mitte ein Zimmer.

Das Germanistische Institut hatte seinen Sitz in der Universitätsstraße/Ecke Kupfergraben, in einem alten, vom Krieg verschont gebliebenen mehrstöckigen Gebäude. Im selben Haus befanden sich das Institut für Romanistik und das Finnisch-Ugrische Institut.

Man mußte dem gestrengen Pförtner den Studentenausweis zeigen. Anders kam man nicht ins Haus.

Sehr bald gewann ich den Eindruck, das Germanistik-Studium an der Humboldt Universität sei nichts für mich.

Es wurde uns einseitig die sogenannte proletarisch-revolutionäre Tradition der deutschen Literatur in den zwanziger und dreißiger Jahren und die sozialistische Gegenwartsliteratur der DDR nahegebracht: Johannes R. Becher, Willi Bredel, Hans Marchwitza, Ludwig Renn, Erich Weinert. Diese Autoren interessierten mich wenig.



Noch während des ersten Studienjahres versuchte ich, die Fakultät zu wechseln.

Ich wollte nun Medizin studieren. Aber das wurde mir nicht erlaubt.

Schließlich wandte ich mich verstärkt einem irgendwie überprüfbaren Gebiet zu, auf dem ich objektive Beurteilungskriterien fand, und das war der sprachwissenschaftliche Zweig: Gotisch, Althochdeutsch, Mittelhochdeutsch, Wortbildung, Syntax, Phonetik.

Der Direktor des Germanistischen Instituts an der Humboldt Universität Berlin war Professor Alfred Kantorowicz – Jurist, Schriftsteller, Publizist, Literaturwissenschaftler.

1933 war er vor den Nazis nach Frankreich geflüchtet, hatte im Spanischen Bürgerkrieg gegen das Franco-Regime gekämpft, war 1941 in die USA gelangt. 1946 kehrte er nach Deutschland zurück, ging in die Sowjetische Besatzungszone, gründete die einflußreiche Zeitschrift «Ost und West» und wurde Professor für neuere deutsche Literatur an der Humboldt Universität.

1947 veröffentlichte er mit Richard Drews bei Kindler in München das berühmt gewordene Buch «Verboten und verbrannt. Deutsche Literatur – 12 Jahre unterdrückt». Er gab die zwölfbändige Heinrich-Mann-Ausgabe heraus.

Seine Vorlesungen für die höheren Semester habe ich leider nicht gehört.

1957 drohte ihm nach der Niederschlagung des Ungarn-Aufstandes von 1956 durch sowjetische Truppen und nach den Schauprozessen in den Ostblock-Staaten die Verhaftung.



Kantorowicz floh über Westberlin in die Bundesrepublik.

1959 und 1961 veröffentlichte er in zwei Bänden sein «Deutsches Tagebuch» im Kindler Verlag.

Zu Kantorowiczs Assistenten an der Humboldt Universität hatte Hermann Kant gehört.

Als Student habe ich Kant in Studentenversammlungen als wichtigtuerischen Scharfmacher erlebt.

Im zweiten Band seines «Deutschen Tagebuchs» schrieb Kantorowicz:

«Einer meiner Assistenten, der fachlich nicht sonderlich begabt war, dem ich jedoch anfänglich zu Unrecht vertraute, ein gewisser Hermann Kant, war, wie ich später erfuhr, vom Hochschulsekretariat des SED-Apparats als Spitzel auf mich angesetzt ...»

«... der stets stramme und beflissene Vorsitzende der Parteigruppe Germanisten ...»

«... Hermann Kant, ein zwielichtiger Geselle ...»

# Abschied

Konrad Gajek habe ich 1956 an der Leipziger Universität kennengelernt. Wir studierten Germanistik, Gajek bei Professor Hans Mayer, ich bei Professor Theodor Frings. Wir wurden Freunde.

Gajek und ich waren begeisterte Brecht-Anhänger, und wir sprachen viel über Brechts Stücke und deren Aufführungen in Ostberlin.

Gajek hat Brecht später zum Thema seiner Dissertation gemacht: «Bertolt Brecht auf polnischen Bühnen (1929–1969)».

Die Arbeit ist 1974 in Wrocław erschienen.

Nach dem Studium in Leipzig war Gajek nach Wrocław gegangen, wo er als Lektor für deutsche Sprache am Institut für germanische Philologie der Universität arbeitete.

Über alle privaten und politischen Wechselfälle hinweg blieb unsere Verbindung sehr eng. Ich besuchte ihn in Wrocław, er besuchte mich in Ostberlin.

Gajek interessierte sich für Mode.

Bei einem seiner Besuche in Ostberlin hatte ich ein Heft der Modezeitschrift «Sibylle» gekauft.

Ich sagte:

«Sieh mal. Bilder von Breslau.»

Er:

«Steht da ‹Breslau›?»

Ich:
«Nein. Wrocław.»
Er:
«Dann halte dich auch daran.»

Sein liebstes Forschungsfeld wurde die Literatur des Barock – wohl angeregt durch Professor Marian Szyrocki, 
den polnischen Altmeister der Barockforschung, Direktor des Instituts für germanische Philologie an der Universität Wrocław, dessen Bücher über Martin Opitz und Andreas Gryphius in Deutschland erschienen sind.

Gajek schrieb seine Habilitationsarbeit auf Deutsch über «Daniel Speers romanhafte und publizistische Schriften.» Sie erschien 1988 in Wrocław.

Er schrieb Aufsätze über Georg Philipp Harsdörffer und Johann Christian Günther.

Szyrocki gab zusammen mit Gajek 1973 Daniel Speers «Ungarischer oder Dacianischer Simplicissimus» heraus.

1996 wurde Gajek an der Universität Wrocław zum Professor berufen.

Im Herbst 1977, als wir den Ausreiseantrag aus der DDR gestellt hatten, wollten wir uns von Gajek und seiner Frau verabschieden.

Wir fuhren mit dem Auto nach Wrocław, auch, um ihnen unseren Schritt zu erklären.

Wir wußten nicht, daß in Polen zu dieser Zeit Lebensmittelknappheit herrschte. Die Geschäfte waren wie leergefegt.

Gajek und seine Frau schlugen uns trotz des kühlen und windigen Herbsttages ein Picknick im Wald vor.

Auf einer Lichtung packten sie aus, was sie mitgebracht

hatten: hartgekochte Eier, kleine Rote-Bete-Kugeln, saure Gurken, Brot.

Wir begriffen: Unsere Freunde hatten das Picknick vorgeschlagen, weil sie nicht zu erkennen geben wollten, daß sie für eine gekochte Mahlzeit keine Zutaten kaufen konnten.



Gajek hat übrigens unsere Absicht, die DDR zu verlassen, nicht gutgeheißen.

Nachdem die kommunistische Herrschaft in Polen gefallen war, sagte er zu mir:

«Kannst jetzt wieder ‹Breslau› sagen.»

# Landesoberschule Templin in der Uckermark

Der Neulehrer Max L., ehemals Offizier der Deutschen Wehrmacht, trug schwarzgefärbte Stiefelhosen, das Blauhemd der FDJ (Freie Deutsche Jugend), schwarze Halbschuhe, weiße Söckchen. Frisur: Topfschnitt.

Der Neulehrer Max L. war Mitglied der SED.

Der Neulehrer Max L. unterrichtete Biologie. Von den Schülern seiner Klasse ließ er sich duzen.

Die Akten des Staatssicherheitsdienstes der DDR belegen, daß der Neulehrer Max L. als Geheimer Informator (GI) Berichte über Schüler und Lehrerkollegen an die Stasi geliefert hat.

Auch der Direktor der Landesoberschule, Peter H., Deckname «Abraham», schrieb Berichte an die Stasi.

Sogar Schüler waren unter Decknamen (zum Beispiel «Schrank», «Bob») Stasi-Informanten.

In einem zusammenfassenden Bericht vom Neulehrer Max L. über die Jahre der 11. und 12. Klasse (1953/1954) heißt es:

«Der Schüler Schädlich ist politisch völlig undurchsichtig. Er hat sich an der Organisierung eines Schülerstreiks beteiligt.

Sch. hört nachts im Aufenthaltsraum des Wohnheims heimlich den Feindsender RIAS und verbreitet die Nachrichten unter den Mitschülern.

Er gehört einer illegalen Schülergruppe an, die geheime Verbindungen zur ‹Kampfgruppe gegen Unmenschlichkeit› (KgU) in Westberlin unterhält.»

Nach dem Tod Stalins im März 1953 startete die SED an der Schule eine Kampagne, 17- und 18-jährige Schüler zum Eintritt in die SED zu bewegen.

Der Neulehrer Max L. meldete an die Stasi:

«Der Schüler Schädlich weigert sich im Unterschied zur Mehrheit der anderen hartnäckig, in die SED einzutreten, um die Lücke schließen zu helfen, die der Tod Stalins gerissen hat.»

# Auf der Straße

Professor Alexander Isačenko nahm Fahrunterricht. 

Der Fahrlehrer war unzufrieden. Er sagte:

«Herr Professor, Sie sind hier nicht auf der Universität. Sie sind auf der Straße. Da muß man ein bißchen mit Köpfchen arbeiten.»

# Japan-Reminiszenzen

 Am 18. Januar 1988 traf ich in Tokyo Makoto Oda. Es war ein freudiges Wiedersehen. Ich kannte ihn aus Westberlin, wo er von 1985 bis 1987 Stipendiat des Deutschen Akademischen Austauschdienstes (DAAD) war.

Makoto Oda – ein warmherziger, kameradschaftlicher Mann. Er hatte mir das Du angeboten:

«Sag einfach Makoto zu mir.»

Sein Reisebericht über die USA, Kanada, Mexiko und Indien «Alles werde ich mir anschauen. Eine ein-Dollar-pro-Tag-Weltreise» war 1961 ein Bestseller geworden

Makoto Oda hatte 1986 das erste «Deutsch-Japanische Gespräch» in der Westberliner Akademie der Künste angeregt.

Noch in Westberlin hatte er mich vertraut gemacht mit einigen Eigenheiten des japanischen Alltags:

«An den niedrigen Eßtischen sitzen Männer im Schneidersitz – aguda. Frauen sitzen kniend auf den Fersen – seiza, oder mit beiden Beinen auf einer Seite.»

«Wer das japanische Frühstück nicht mag, das mindestens aus weißem Reis, Misosuppe und gegrilltem Lachs besteht, der kann im Hotel ohne weiteres continental breakfast bestellen.»

«Das beste Rindfleisch ist das Kobe-Fleisch. Es ist gleichmäßig von feinen Fettstreifen durchzogen.»

«Im U-Bahnhof, bevor der Zug einfährt, unbedingt in die Warteschlange einreihen.»

«Shinkansen sind Hochgeschwindigkeitszüge mit über 300 Kilometern in der Stunde.»

Als Vorsitzender der Forschungskommission des Kawai-Instituts für Kultur und Erziehung war er der Initiator des «Deutsch-Japanischen Gesprächs», das vom 21. bis 28. Juni 1988 mit fünf Symposien in Japan stattfand. 

Makoto Oda verdanke ich die Einladung nach Japan.

Vom 21. bis 28. Juni 1988 fand ein Treffen deutscher und japanischer Autoren – «Deutsch-Japanisches Gespräch» – in Tokyo, Hiroshima, Kyoto und Nagoya statt.

Das Treffen war organisiert vom Kawai-Institut für Kultur und Erziehung (vor allem von der Germanistin und Übersetzerin Mari Kato) und von den Goethe-Instituten in Tokyo und Kyoto.

Die deutschen Teilnehmer waren F.C. Delius, Libuše Moníková, Bodo Morshäuser und ich.

Von den vielen japanischen Teilnehmern nahm Oda Makoto als einziger an allen fünf Symposien teil.

Das erste Symposium fand am 21. Juni im Goethe-Institut Tokyo, das zweite am 23. Juni im Saal der Tageszeitung Chugoku Shimbun in Hiroshima, das dritte am 25. Juni im Goethe-Institut in Kyoto, das vierte am 26. Juni in der Success Hall der Kawajuku-Schule in Nagoya, das fünfte am 28. Juni in der Nihon Kyoiku Kaikan Halle (Japan Education Center) in Tokyo statt.

Vor Beginn der Symposien hatten wir Deutschen vereinbart, daß einer von uns vor jedem öffentlichen Auftritt eine kleine einführende Rede halten sollte.

In Hiroshima waren wir für den Vormittag zu einem öffentlichen Gespräch mit dem Bürgermeister eingeladen.

Auf der Treppe zum Empfangssaal sagte F.C. Delius zu  mir:

«Ich habe gestern geredet, heute bist du dran.»

Der Empfangssaal. Viele geladene Gäste.

Auf dem Podium der Bürgermeister. Links von ihm zwei von uns, rechts von ihm zwei von uns. Ich saß direkt neben ihm. Hinter uns, zwischen ihm und mir, hockte die Dolmetscherin.

Der Bürgermeister begrüßte uns. In der Zeit, die die Dolmetscherin für die Sätze des Bürgermeisters brauchte, konnte ich überlegen, was ich sagen sollte. Es sei eine große Ehre für uns usw.

Am Ende überreichte uns der Bürgermeister einen Bildband: «Hiroshima heute». Bilder einer schönen modernen Stadt.

Die Bilder der Atombombenopfer und der ausradierten Stadt, die um die Welt gegangen waren und die ich im Kopf hatte, verstärkt durch den neuerlichen Anblick der Bilder im Hiroshima Peace Memorial Museum, überlagerten an diesem Tag alles.

Libuše Moníková sagte, nachdem sie den Bildband durchgeblättert hatte:

«This is not the Hiroshima I have imagined.»

Das fünfte und letzte Symposium des «Deutsch-Japanischen Gesprächs» fand am 28. Juni 1988 in Tokyo statt.

Thema: Fremdsprache als Schlüssel zu einer anderen Kultur, und die politischen und ideologischen Implikationen der Fremdsprachenvermittlung in Japan.

Professor Ken'ichi Mishima, der perfekt Deutsch spricht, leitete das Symposium souverän.

In der Halle des Japan Education Center saßen an die hundert japanische Studenten. 

Wir Deutschen auf dem Podium mühten uns redlich, den Studenten zu sagen, daß es vorteilhaft sei, Fremdsprachen zu sprechen.

Ein Student meinte:

«Wir brauchen keine Fremdsprachen zu lernen. Sollen die Ausländer doch Japanisch lernen.»

Eine Studentin sagte:

«Herr Professor Mishima, ich wollen auch Deutsch reden wie Ihnen. Aber wie machen.»

Professor Mishima antwortete:

«Das kann ich Ihnen sagen. Fahren Sie nach Deutschland, nehmen Sie sich einen deutschen Geliebten, und binnen Jahresfrist sprechen Sie gutes Deutsch.»

Irgendwann 1987 fuhr ich mit dem Zug von Westberlin nach Hannover. Im Speisewagen kam ich mit einem freundlichen, lebhaften, freimütigen Mann ins Gespräch. Obwohl er kein Deutscher war, sprach er fließend Deutsch. Wir redeten über die Situation im geteilten Deutschland und im geteilten Berlin. Es kam auch die Rede auf Beruf und Arbeit. Ich sagte, ich sei Schriftsteller, und ich erzählte von meinen Büchern. Der Mann sagte, er sei Mitarbeiter eines Verlages. Am Ende unseres Gesprächs tauschten wir Namen und Adressen aus. Der Mann hieß Jun Shitomi. Er kam aus Tokyo und war Mitarbeiter des Dokakusha Verlags.

Später schrieb er mir, er habe sich meine Bücher aus Deutschland kommen lassen und sei daran interessiert, das



Buch «Der Sprachabschneider» in Japan herauszubringen, in deutscher Sprache, für die Zwecke des Deutschunterrichts.

Wenige Tage vor meinem Flug nach Tokyo, bevor ich im Juni 1988 auf Einladung des Kawai-Instituts für Kultur und Erziehung nach Japan reiste, wurde die Veröffentlichung des Buches durch den Dokakusha Verlag vertraglich vereinbart.

In Tokyo habe ich Jun Shitomi wiedergesehen.

Er sagte:

«Nächstes Jahr erscheint ‹Der Sprachabschneider› in Tokyo.»

Und tatsächlich: 1989 ist das Buch in Tokyo erschienen, mit ausführlichen Erläuterungen und einer Skizze meiner Biographie von Tomoo Ônaka.

## New York 1993, Metropolitan Opera

Heute hörte und sah ich mir eine Oper an. Die Sänger und Sängerinnen sangen, bis auf wenige Ausnahmen, exzellent. Das Orchester spielte ausgezeichnet. Der Chor war hervorragend, abgesehen von einer einzigen Stelle, an der er sich vom Orchester losmachte. Der Dirigent hatte einen Wuschelkopf. Das Bühnenbild war so wirklichkeitsgetreu, daß ich Lust verspürte, aus dem überheizten Zuschauerraum in den See zu springen, der auf den Prospekt gemalt war. In der 24-minütigen Pause trank ich zunächst einen Espresso. Sodann wanderte ich die breite geschwungene Treppe hinan, um einige Blicke in die Logen zu werfen. Nur eine der Logentüren war geöffnet. Im Logen-Vorraum hingen Pelzmäntel an den Haken. Auf einem Tischchen eine Champagnerflasche war noch halbvoll. Unabsichtlich betrat ich den Logen-Vorraum. Es eilte eine Logentür-Schließerin herbei, die mir mit der höflichsten Handbewegung die Logentür wies und leise bemerkte:

«Verzeihen Sie, mein Herr, dies ist eine Privatloge.»

Ich sah auf die Uhr. Die halbe Pause lag noch vor mir. Ich verließ das Opernhaus, weil ich die reine frische Winterluft atmen wollte. Vor der Tür stand ein mittelmäßig gekleideter Mann, der mich fragte, ob ich die Oper zu verlassen gedenke.

Ich sagte:

«Nur vorübergehend.»

«Oh», sagte der Mann, «entschuldigen Sie. Ich hätte Sie andernfalls gebeten, mir Ihre Eintrittskarte zu überlassen.»

Ich war erstaunt. Ich sagte mir:

«Der Champagner ist erst zur Hälfte geleert, und schon stehen Leute herum, die ohne eigene Eintrittskarte in die Inszenierung wollen.»

# Milk and Honey

Der ostdeutsche Dichter Volker Braun wurde 1996 zum Mitglied der Deutschen Akademie für Sprache und Dichtung gewählt.



Als der israelische Dichter Asher Reich, Akademie-Mitglied seit 1998, bei einer Mitgliederversammlung zum ersten Mal auf Volker Braun traf, sagte er zu Braun:

«Ich komme aus dem Land von milk and honey. Du kommst aus dem Land von Mielke und Honecker.»

# Alma mater Lipsiensis
*oder Karl-Marx-Universität Leipzig*



Ich wollte von Berlin nach Leipzig. Die Universität bot ein weit besseres Germanistik-Studium als die Humboldt Universität.

Ein Wechsel war aber nach den Bestimmungen des DDR-Hochschulsystems kaum möglich.

Professor Wolfgang Steinitz, der Vater meiner Freundin, als Vizepräsident der Akademie der Wissenschaften und Mitglied des SED-Zentralkomitees einflußreich, erwirkte 1956 unseren Wechsel an die Leipziger Universität, und am 16. September 1956 wurde ich an der Karl-Marx-Universität Leipzig immatrikuliert.

In Leipzig hatte ich im Laufe dreier Studienjahre drei Studentenbuden.

Die erste Bude war ein Durchgangszimmer bei einem Schwesternpaar mittleren Alters. Die Schwestern waren neugierig und gingen öfter als nötig durch mein Zimmer. Das Bett hatte eine schadhafte Matratze, so daß ich stets schlecht schlief. Ich kündigte und fand ein Zimmer bei einem alleinstehenden Alten. Um in mein Zimmer zu gelangen, mußte ich durch sein Wohnzimmer gehen.

Der Alte hielt einen Wellensittich, den er täglich aus dem Vogelkäfig ließ. Um ihn in den Käfig zurückzulocken, rief er immer wieder:

«Wo isser denn, der Süße.»

Das ging mir derart auf die Nerven, daß ich meinen Schuh gegen die Zimmertür schleuderte.

Der Alte kam ins Zimmer und sagte, das habe er noch nie erlebt. Ich müsse ausziehen.

Schließlich fand ich ein Zimmer bei einem alten Ehepaar im nordwestlichen Stadtviertel Wahren. Im Zimmer stand ein Kanonenofen, den ich mit Braunkohle-Briketts heizen mußte. Es gab einen Waschtisch mit Porzellanschüssel und Wasserkrug. Die Toilette befand sich außerhalb der Wohnung auf halber Treppe.



Die beiden Alten waren freundlich und fürsorglich. Im Küchenschrank hatten sie ein Fach freigeräumt, wo ich meine Einkäufe verstauen konnte.

Von Wahren bis ins Stadtzentrum mußte ich mit der Straßenbahn fahren.

Das Hauptgebäude der Universität, das Augusteum am Augustusplatz, der in damaliger Zeit Karl-Marx-Platz hieß, war bei dem alliierten Luftangriff am 4. Dezember 1943 schwer beschädigt worden. Der Südflügel, Johanneum genannt, blieb einigermaßen erhalten. Die Räume in den Gängen des ersten Obergeschosses dienten seit Oktober 1945 dem Germanistischen Institut. Hier befand sich der legendäre Hörsaal 40, und hier befanden sich die Seminarräume und die Institutsbibliothek.

Im Hörsaal 40 hielten Theodor Frings, Hans Mayer, Hermann August Korff und Ernst Bloch ihre Vorlesungen.

Ich interessierte mich vor allem für Sprachwissenschaft, mittelalterliche Literatur und für niederländische Sprache und Literatur.

Theodor Frings war 1927 als Nachfolger von Eduard Sievers auf den Leipziger Lehrstuhl berufen worden, und an Leipzig hat er bis zuletzt festgehalten.

Mit seinen Vorlesungen und Seminaren hat Frings aus dem Verständnis von deutscher Sprachgeschichte und Dialektologie, aus dem Verständnis mittelalterlicher Literatur, aus dem Verständnis des europäischen Bezugs in die Köpfe mancher Hörer einen Begriff von Grenzüberschreitung gepflanzt.



Weil er mit einer staatlichen Regelung, die die Universität betraf, nicht einverstanden war, sagte er einmal, mitten im Hauptseminar «Minnesangs Frühling», er werde sich Herrn Hager kommen lassen.

Kurt Hager, Mitglied des Politbüros der herrschenden Partei SED, bestimmte maßgeblich die Kultur- und Bildungspolitik der DDR.

Einige Zeit später, wieder im Hauptseminar «Minnesangs Frühling», sagte Frings, Herr Hager sei gekommen. Die betreffende Regelung sei zurückgenommen worden.

Wie bei Theodor Frings war der Hörsaal 40 bei den Vorlesungen von Hans Mayer und Ernst Bloch bis auf den letzten Platz gefüllt. Oft saßen Studenten auf den Treppenstufen.

1963 verließ Hans Mayer die DDR.

Ernst Bloch sprach frei, nur mit einem kleinen Notizblatt in der Hand.

Die Vorlesungen, von seinen Assistenten wie Andachten zelebriert, wurden auf Tonband aufgenommen.

1957 wurde Bloch aus politischen Gründen emeritiert, weil er nach dem ungarischen Volksaufstand von 1956 vom

SED-Regime abgerückt war. Von einer Reise in die Bundesrepublik kehrte er 1961 nach dem Bau der Berliner Mauer nicht in die DDR zurück. Er nahm eine Gastprofessur an der Universität Tübingen an.

Hans Mayer las über die deutsche Literatur von 1806 bis 1914, und speziell über Schiller und Brecht. 1963 verließ Hans Mayer die DDR. 

Hermann August Korff, seit 1925 ordentlicher Professor an der Universität Leipzig, las zu unserer Verwunderung ganz ungerührt aus seinem Werk «Geist der Goethezeit» vor.

Elisabeth Karg-Gasterstädt, seit 1935 Leiterin des Althochdeutschen Wörterbuchs, unterrichtete Gotisch und Althochdeutsch. Es kam vor, daß sie eine ganze Seminarstunde lang die Geschichte eines einzigen Wortes abhandelte.

Als Nebenfach hatte ich Niederländisch gewählt. Gerhard Worgt, der später eine Professur erhielt, bestritt das gesamte Programm: Sprachunterricht und Geschichte der niederländischen Literatur.

Bei Walter Baetke, der 1942 das vielbeachtete Buch «Das Heilige im Germanischen» veröffentlicht hatte, hörte ich Vorlesungen über Isländersagas. In den siebziger Jahren begegnete ich ihm auf der Insel Hiddensee, wo er in der Nähe des Hafens von Kloster ein Haus besaß.

Das Seminar von Rudolf Große «Phonetik und Phonologie» und seine Vorlesung «Deutsche Mundartenkunde» regten mein Interesse für die Verbindung von Phonologie und Mundart an.

Seit 1957 beschäftigte ich mich mit den Vorarbeiten für die schriftliche Hausarbeit, die zur Germanistik-Diplom-Prüfung vorzulegen war. Ich wollte das Laut- und Phonem-System einer Mundart beschreiben. Da lag es für mich als Vogtländer nahe, eine Varietät des Vogtländischen zu wählen.

Rudolf Große vermittelte mir die Bekanntschaft mit dem lokalen Gewährsmann Friedrich Barthel in Falkenstein/Vogtland.

Barthel hatte mit der Arbeit «Der vogtländisch-westerzgebirgische Sprachraum» bei Theodor Frings promoviert. Diese Arbeit war 1933 erschienen.

Friedrich Barthel verschaffte mir den Zugang zu einer Familie im ostvogtländischen Neudorf. In den Sommerferien 1957 und 1958 wohnte ich im Haus dieser Familie und zeichnete den Wortschatz gebürtiger Neudorfer phonetisch auf. Es entstand die Diplomarbeit «Zur phonetischen und phonologischen Beschreibung der Ortsmundart von Neudorf/Vogtland».

Nach den erforderlichen Prüfungen wurde ich Ende 1959 ein sogenannter Diplom-Germanist (heute: Magister artium).

Noch im letzten Semester hatte ich mich um eine Stelle an der Abteilung Sach- und Mundartwörterbücher des Instituts für deutsche Sprache und Literatur der Berliner Akademie der Wissenschaften beworben. Das Institut wurde von Theodor Frings geleitet. Zum 1. September 1959 wurde ich als Assistent angenommen.

Rudolf Große hatte mir vorgeschlagen, meine Diplomarbeit zu einer Dissertation auszuarbeiten. Die Dissertation «Phonologie des Ostvogtländischen» ist 1966 im Akademie-Verlag erschienen.

Nachtrag: Während des Studiums in Leipzig hatte mich der SED-Sekretär des Germanistischen Instituts, Dieter Strützel, mehrfach bedrängt, in die Staatspartei SED einzutreten. Ich wollte kein SED-Mitglied werden, und ich wurde es nicht.



Ich erzählte dem Vater meiner Freundin, Professor Wolfgang Steinitz, von Strützels Anwerbeversuchen.

Er sagte:

«Tritt nie in diese Partei ein.»

# I due emigranti



Richard Wagner wurde 1952 in Lovrin, Rumänien, geboren. Er gehörte zur deutschsprachigen Minderheit der Banater Schwaben.

Wagner studierte Germanistik und Rumänistik. Nach dem Studium arbeitete er als Deutschlehrer und Journalist. Er veröffentlichte Gedichte und Kurzerzählungen.

1987 konnte Wagner das totalitäre Rumänien Ceauşescus verlassen und ließ sich in Berlin nieder.

2023 ist er, schwer an Parkinson erkrankt, in einem Berliner Pflegeheim gestorben.

Wagner hat Gedichte, Erzählungen, Romane und Essays geschrieben.

Ich habe Wagner bald nach seiner Ankunft in Berlin kennengelernt. Oft bin ich mit ihm zum Mittagessen in die Schöneberger Trattoria «I due emigranti» gegangen. Manche unserer Gespräche drehten sich um das Wesen totalitärer Regimes.

Nach der Lektüre meines Buches «Trivialroman» (1998) faßte er die Aussage des Buches in einem einzigen Satz zusammen:

«Die Lebensform des Totalitarismus ist das Gangstertum.»

# Vielolog

*Liebe Schülerinnen und Schüler!* 167

*Ich freue mich über Eure Beschäftigung mit dem «Sprachabschneider», und ich will versuchen, Eure Fragen zu beantworten.*

*Ich habe oft Leute erlebt, die für einen Vorteil (zum Beispiel im Beruf) ihre eigenen Gedanken und Ansichten verleugneten und sich der Meinung anderer Leute anpaßten. Sie verzichteten auf ihre Fähigkeit zu sprechen. Ich habe das als Opportunismus verstanden.*

*Das brachte mich auf die Idee vom Sprachabschneider.*

*Den Namen Vielolog habe ich aus dem griechischen Wort Philologe abgeleitet. Philologe heißt jemand, der die Sprache liebt.*

*Mit dem Wort Vielolog wollte ich ausdrücken, daß meine Figur als Liebhaber der Sprache viel lügt oder log.*

*Vielolog schneidet auch Erwachsenen die Sprache ab. Ich wollte aber am Beispiel von Kindern zeigen, daß man frühzeitig darauf achten muß, seine Sprache zu behalten.*

*Vielolog ist eine symbolische Figur, ein Symbol. Ein Symbol ist ein Sinnbild. Vielolog ist ein Sinnbild für die Überwachung der Gedanken und Äußerungen von Menschen. ,oMan kann auch sagen, er sei ein Sinnbild für die Zensur, wie sie in diktatorischen Staaten ausgeübt wird. Diese staatliche Zensur will die Gedanken- und Äußerungsfreiheit verhindern. Das erklärt, warum Vielolog gehässig und böse ist.*

*Ich will auch zeigen, daß er besiegt werden kann, wenn sich Menschen zusammentun und gemeinsam handeln.*

*Über die Kindheit Vielologs als abstrakte symbolische Figur mußte ich mir keine Gedanken machen. Ich denke, abstrakte Symbole werden einfach verwendet; sie haben keine Kindheit.*



*Die grammatischen Kategorien, die Vielolog den Kindern abhandelt, die sammelt er nur. Er macht sonst nichts damit.*

*Er ist auch nicht auf andere neidisch.*

*Er ist damit zufrieden, die Kinder ihrer Ausdrucksfähigkeit zu berauben.*

*Ich wünsche Euch Gesundheit und viel Freude am Unterricht.*

*Mit freundlichen Grüßen*
*Hans Joachim Schädlich*

# Toruń

Mit großer Freude habe ich vergangenen Herbst die Nachricht aufgenommen, daß mir – zusammen mit Herrn Pawel Huelle – der Samuel-Bogumił-Linde-Preis der Städte Toruń und Göttingen zuerkannt worden ist. 

Der Linde-Preis hat für mich eine besondere Bedeutung. Ist er doch ein Zeichen für die Verständigung und Zusammenarbeit zwischen Polen und Deutschland, und das ist viel – angesichts der deutschen Schuld. Und er würdigt einen großen Sprachforscher, der mit seinem «Wörterbuch der polnischen Sprache» den gleichen Rang für Polen einnimmt, wie wir ihn den Brüdern Grimm mit ihrem «Deutschen Wörterbuch» zuschreiben.

Im August 1989 ist bei PULS Publications in London die polnische Ausgabe meines Romans «Tallhover» erschienen. «Tallhover» ist die fiktive Biographie eines Mitarbeiters der deutschen Politischen Polizei von der Mitte des 19. Jahrhunderts in Preußen bis zur Mitte des 20. Jahrhunderts in der DDR. Der unrühmliche Geheimpolizist Tallhover verzweifelt am Ende seines langen Arbeitslebens, weil er erkennen muß, daß die Politische Polizei nie ihre Ziele erreichen konnte. Er bittet seine Genossen, ihn zu töten.

Die Übersetzerin ins Polnische, Małgorzata Łukasiewicz, mußte sich seinerzeit des Pseudonyms Małgorzata Gorka bedienen. Daß dieses Buch 1989 nach Polen gelangen konnte, war für mich eine besondere Freude.

Und noch etwas hat mich erfreut: 1990 erschien in der Zeitschrift «Przegląd Polityczny» meine Erzählung «Die Sache mit B.» («Sprawa z. B.») in der Übersetzung von Dorota Danielewicz-Kerski. Diese Erzählung konnte ich nur schreiben, weil mir in der Behörde für die Unterlagen



des Staatssicherheitsdienstes der ehemaligen DDR, in der sogenannten Gauck-Behörde, die Akten geöffnet wurden, die der Staatssicherheitsdienst über mich angelegt hatte. In der Erzählung wird beschrieben, wie ein Bruder im Auftrag des Staatssicherheitsdienstes fünfzehn Jahre lang den Bruder bespitzelte. Die Erzählung erscheint mir wie eine ironische Replik auf das einstmals geheime Wissen des Staatssicherheitsdienstes, sie bestätigt das alte Sprichwort: «Jeder ist klug, der eine vorher, der andere nachher».

Erlauben Sie mir, daß ich heute zweier verstorbener Freunde gedenke, die mich eng mit Polen verbinden.

Da ist zuerst Konrad Gajek. Wir lernten uns 1956 als Studenten der Germanistik an der Leipziger Universität kennen. Sein liebstes Forschungsfeld wurde die Barockliteratur, der er auch seine Habilitationsschrift über Daniel Speer widmete. Unsere Verbindung blieb über alle politischen und privaten Wechselfälle hinweg sehr eng. In Wrocław wirkte Konrad Gajek bis zu seinem Tod als Professor der Germanistik. Er starb 1999.

Und da ist Waldemar Dege, genannt Mischa. Mischas Muttersprache war Polnisch, seine Vatersprache Deutsch. Geboren wurde Mischa 1934 in Supraśl, gestorben ist er 1999 in Berlin. Kennengelernt habe ich ihn 1954 als den

Freund meiner Schwester, später wurde er mein Schwager. Mischa studierte Mathematik und arbeitete in einem Ostberliner Industriebetrieb als Spezialist für die Datenverarbeitung, Seit 1979 lebte er als freier Autor und Übersetzer. Er schrieb Gedichte, und er übersetzte aus verschiedenen slawischen Sprachen und aus dem Litauischen. Seine stille Liebe galt dem Polnischen, seinem Geburtsort Supraśl und dessen Umgebung.

Ich fühle mich durch die Verleihung des Linde-Preises geehrt, ich danke der Jury für ihr Votum. Der Stadt Toruń danke ich für ihre Gastfreundschaft. Und Herta Müller danke ich für ihre herzerwärmende Laudatio.

# Queen Mary 2, Carlisle, PA



Anläßlich meines 70. Geburtstages lud Professor Wolfgang Müller, der Inhaber des Lehrstuhls für Germanistik am Dikkinson College in Carlisle, PA, zu einer Tagung ein. Ich reiste mit dem Transatlantikliner Queen Mary 2 (QM 2) in die USA. Die Schiffsreise wurde vom Goethe-Institut und vom Dickinson College bezahlt.

Am 8. September 2005 flog ich von Berlin-Tegel nach London-Heathrow. In der Empfangshalle von Heathrow hielten Frauen Schilder hoch mit dem Namen der Reederei Cunard. Ich folgte den Frauen und verschiedenen Reisenden mit meinem Gepäckwagen bis zu einem Sammelpunkt. Von dort wurden wir zu einem Bus geleitet. Neben dem Bus mußte der Gepäckwagen abgestellt werden. Der Busfahrer verstaute meinen Koffer.

Auf der Autobahn ging es durch die Grafschaft Berkshire nach Südwesten, vorbei an Windsor Castle. Nach anderthalb Stunden hielt der Bus vor Gate 4 der Eastern Docks in Southampton. Vom Bus zur Abfertigungshalle nur wenige Schritte. Am Schalter hieß es: Ticket, Paß, Fingerabdruck. Ich erhielt eine Plastikkarte mit den persönlichen Daten, die als Kabinenschlüssel und Scheckkarte diente.

Von der Abfertigungshalle ins Schiff. Ich verzichtete auf den Fahrstuhl, ging die Treppe hinauf, den endlosen Gang entlang zu meiner Kabine.

Für 17.00 Uhr war eine Rettungsübung auf Deck 7 angeordnet. Die Rettungsweste fand sich in der Kabine. Als ich nach der Rettungsübung die Rettungsweste in meine Kabine zurückbrachte, stand mein Koffer neben der Kabinentür.

Die Queen Mary 2 – eine Stadt auf dem Meer. Ein riesiges Schiff mit 13 Decks. 

Die Grand Lobby sechsstöckig. Auf Höhe von Deck 3 die Mayfair Shops: Hermès, Chopard, H. Stern ... Phantasiepreise.

Das Britannia Restaurant drei Decks hoch und so breit wie das Schiff. An der Stirnwand eine große Tapisserie, die die QM 2 vor der Kulisse von New York zeigt. Zu Füßen der Tapisserie der runde Tisch des Kapitäns, der Master genannt wird, mit zehn Plätzen.

Mir war für die Reise ein Platz im Britannia Restaurant zugewiesen worden. Aber ich wollte nicht die ganze Zeit mit immer denselben Leuten an einem Tisch sitzen. Ich ging lieber auf Deck 7 in das Selbstbedienungs-Restaurant Kings Court mit seinen fünf Büfetts – dänisch, englisch, italienisch, schwedisch, russisch – und setzte mich mit meinem Tablett an einen kleinen Tisch, Blick auf die See. Das Kings Court hatte den ganzen Tag geöffnet.

Ich habe mich in der Champagner Bar Veuve Cliquot, in Sir Samuel's Wine Bar, im Golden Lion Pub, im Winter Garden Café, im Chart Room und in Churchill's Cigar Lounge umgesehen. Aber die Restaurants Britannia Club, Queens Grill und Princess Grill im hinteren Bereich von Deck 7 waren den Passagieren der höheren Kabinenkategorien (Decks 8–13) vorbehalten. Als ich einmal in den Queens Grill ging, wurde ich höflichst hinauskomplimentiert.

Ich spazierte auf dem Promenadendeck rund um das Schiff oder ruhte auf einem Liegestuhl an der Reling.

Ich ging in die Bibliothek und las Tageszeitungen, die an Bord in handlichem Format ausgedruckt worden waren. Ich hörte im Royal Court Theatre mit seinen 1.000 Plätzen das Streichquartett, das für die Fahrt engagiert war. Im Winter Garden beobachtete ich eine Kunstauktion. In einem Tanzsaal verfolgte ich eine lächerliche Hutparade. Die Gewinnerin war eine korpulente Frau, die zwei britische Fähnchen an ihren Hut gesteckt hatte. Ins Spielkasino bin ich nicht gegangen.

Nach sieben Tagen, am 14. September 2005, passierte die QM 2 die Verrazzano-Narrows Bridge, den Hudson aufwärts. Vorbei an der Freiheitsstatue. Am Pier 92, 12. Avenue auf Höhe der 52. Straße, legte die QM 2 an.

Am Ausgang der Ankunftshalle wartete ein Fahrer vom Dickinson College mit seinem Wagen. Er brachte mich mit meinem Koffer zu einem Haus in der Conway Street in Carlisle, wo Professor Müller und seine Frau Jane mich begrüßten. Das geräumige Haus, das dem College gehörte, war meine Bleibe bis zum 26. November 2005.

Professor Müller hatte zu der Tagung im Oktober Professor Heinz Ludwig Arnold aus Göttingen und Professor Theo Buck aus Aachen eingeladen.

Professor Arnold, seine Frau Christiane Freudenstein und Tochter Hannah bewohnten ein Haus in der Conway

Street, nahe meiner Unterkunft. Professor Theo Buck und seine Frau Danièle wohnten im Gästehaus des Colleges.

Zu meinem 70. Geburtstag waren auch mein Sohn Jan und meine Tochter Anna mit ihrem damaligen Lebensgefährten Markus Theisen und der gemeinsamen vierjährigen Tochter Sara nach Carlisle gekommen. Sie alle waren meine Gäste im Haus an der Conway Street. Professor Müller stellte in dem großen Wohnraum für meine Enkelin Sara ein Tipi-Zelt auf.



Professor Arnold hatte meine erste öffentliche Lesung Ende Januar 1978 im Deutschen Theater Göttingen organisiert. Ihm verdanke ich mehrere Literaturpreise. Als Jury-Mitglied votierte er für mich 1992 beim ersten Berliner Literaturpreis mit Bobrowski-Medaille, 2003 beim Lessing-Preis des Freistaates Sachsen, bei dem er auch die Laudatio hielt, 2004 beim Hoffmann-von-Fallersleben-Preis und 2005 beim Samuel-Bogumił-Linde-Preis.

In seiner Zeitschrift ‹Text und Kritik› veröffentlichte er Texte von mir, und er porträtierte mich in seinem Buch «Von Unvollendeten» (2005).

Professor Theo Buck lernte ich nach einer Lesung 1978 in Göttingen kennen. Er hat in ‹Kindlers Literaturlexikon›, in ‹Reclams Romanlexikon› und in Arnolds ‹Kritisches Lexikon zur deutschsprachigen Gegenwartsliteratur› meine Bücher besprochen. Bei Reclam hat er meine Texte «Mechanik» und «Fritz» neu herausgegeben und kommentiert (2009). Schließlich erschien von Theo Buck 2015 die Werkbiographie «Hans Joachim Schädlich. Zwischen Wirklichkeit und Fiktion».

Wir trafen uns in Berlin, Aachen und Paris. In Paris führte er mich auf den Spuren Voltaires zu einem Atelier, wo ich eine Voltaire-Büste von Houdon kaufen konnte.

Auf der Tagung im College sprachen Professor Müller, Professor Arnold und Professor Buck über meine Arbeiten.



Ich hielt in der College-Bibliothek eine Lesung.

An meinem Geburtstag waren zur Feier des Tages alle im Haus an der Conway Street versammelt. Meine Enkelin Sara brachte die Torte mit den brennenden Kerzen ins Zimmer. Saras Liebreiz nahm Danièle Buck ganz und gar gefangen. Sie bat später um ein Sara-Foto.

Professor Müller hat dafür gesorgt, daß das College mir ein Auto zur Verfügung stellte. Eines schönen Tages unternahm ich mit Anna, Markus und Sara einen Ausflug zu den Amishen südöstlich von Lancaster.

Auch Professor Buck bekam vom College ein Auto gestellt. Er war ein versierter Fahrer. Als Citroën-Liebhaber fuhr er in Deutschland einen Citroën DS mit Fließheck, hydraulischer Federung und Einspeichen-Lenkrad.

Mit seiner Frau fuhr er von Carlisle nach Mill Run in der Nähe von Pittsburgh, um das legendäre Haus Fallingwater von Frank Lloyd Wright zu besichtigen.

Auf der Rückfahrt nach Carlisle verlockte ihn der Highway zu einer rasanten Geschwindigkeit. Aber er hatte die Rechnung ohne die Polizei gemacht. Er wurde gestoppt. Der Polizist kontrollierte seinen Paß und schrieb in die Papiere des College-Wagens:

Professor Tübingen from Germany is a dangerous driver.

# Heinrich Maria Ledig in Rußland

Lavigny, 1.000-Seelen-Gemeinde im französischsprachigen Schweizer Kanton Waadt, zwischen Genf und Lausanne. Der Ort erstreckt sich an einem Hang nördlich des Genfer Sees. 

Am Rande der Ortschaft das Château de Lavigny, an der Route d'Etoy, mit Blick auf den Genfer See und die Alpen.

Das Château – 1770 erbaut von Théodore Tronchin, dem Arzt Voltaires.

Heinrich Maria Ledig-Rowohlt und seine Frau Jane erwarben das kleine Schloß 1972 als Feriendomizil und zogen 1983 für immer dorthin.

Im September 1991 war ich im Château de Lavigny für einige Tage Gast von Ledig-Rowohlt und seiner Frau.

Unsere Gespräche, die Mahlzeiten, Spaziergänge im Park, ein Ausflug nach Lausanne mit Jane am Steuer ihres Mercedes-Cabrio – für mich wie ein glücklicher Traum.

An einem Abend im Salon erzählte ich Jane von der Arbeit an meinem Roman «Schott».

Etwas abseits saß Ledig. Er las Zeitung und mußte immer wieder stark husten.

Ich fragte Jane, was mit Ledig los sei.

Sie sagte:

«Er war einmal uneingeladen in Rußland, mitten im Winter. Dort hat er sich eine Lungenentzündung geholt. Mein

Leben mit Ledig ist ein Leben mit seinen Lungenentzündungen.»

Ledig war als Soldat der Wehrmacht bei der deutschen Belagerung Leningrads eingesetzt.

# Salzburg und Klagenfurt

**1.** 

Am 15. November 1977 erreichte mich in Ostberlin ein Anruf aus Österreich.

Der Mitarbeiter der Salzburger Landesregierung, Dr. Krön, sagte, eine Jury unter dem Vorsitz von Marcel Reich-Ranicki habe mir für die beste Prosa-Erstveröffentlichung des Jahres 1977 den Rauriser Literaturpreis zugesprochen.

Der Preis werde im Rahmen der Rauriser Literaturtage verliehen. Ob ich zu den Rauriser Literaturtagen kommen könne.

Ich hatte am 5. September 1977 für mich und meine Familie einen Antrag auf Ausreise aus der DDR gestellt. Es war völlig ungewiß, ob er genehmigt würde. Deshalb rief ich am 18. November 1977 Dr. Krön an und sagte, die Verleihung des Preises müsse verschoben werden.

Am 1. Dezember 1977 rief Marcel Reich-Ranicki mich an. Er fragte, ob es zutreffe, was die Deutsche Presse Agentur dpa gemeldet habe: Es sei mir die Ausreise zur Entgegennahme des Rauriser Literaturpreises verweigert worden. Ich sagte, das treffe nicht zu. Vielmehr stehe die Sache im Zusammenhang mit meinem Ausreiseantrag, weshalb ich Dr. Krön mitgeteilt hätte, daß die Verleihung verschoben werden müsse.

Schließlich wurde von der Jury, zu der auch die «Grande Dame der österreichischen Literatur» Hilde Spiel gehörte, und von der Salzburger Landesregierung beschlossen, die Preisverleihung zu verschieben. Sie sollte nicht bei den Rauriser Literaturtagen, sondern in Salzburg stattfinden, und zwar dann, wenn ich persönlich zur Entgegennahme des Preises erscheinen könnte.

Im Februar 1978, knapp zwei Monate nach unserer Ausreise aus der DDR, war es soweit.

Einen Tag vor der Preisverleihung trafen Krista und ich in Salzburg ein. Salzburg! Berauscht von seiner Schönheit wanderten wir durch die Altstadt zu Mozarts Geburtshaus in der Getreidegasse.

Ich hatte mir vorgenommen, zur Preisverleihung in schwarzem Rollkragenpullover und in Lederjacke zu erscheinen. Aber Krista war dagegen. Noch am Morgen der Preisverleihung kaufte sie mir ein weißes Hemd und eine Krawatte.

Die Preisverleihung fand im Schloß Kleßheim statt, das einige Kilometer vom Salzburger Stadtzentrum entfernt liegt. Am rechten Aufgang zum Schloß wäre ich beinahe gestürzt, weil der Boden vereist war.

Marcel Reich-Ranicki, dessen Rezension («Ein Akrobat auf hohem Seil und ohne Netz») in der Frankfurter Allgemeinen Zeitung die erste auf mein Buch «Versuchte Nähe» gewesen war, hielt im Schloß Kleßheim die Laudatio. Ihr Kern: «Alle diese so unterschiedlichen Stilmittel dienen in der Prosa Schädlichs vor allem einem Zweck: Er strebt konsequent die Distanz zu den dargestellten Gegenständen an. Erst aus der Entfernung, meint er, kann man sie richtig wahrnehmen und einschätzen.

Mit anderen Worten: Er verfremdet das Leben, um es zu vergegenwärtigen. Er ist ein Chronist und ein Virtuose – beides zugleich und auf einmal.»



Ich war der Situation nicht gewachsen. Das Schloß, die Jury, das Publikum, das Lob Reich-Ranickis – ich kannte niemanden und fühlte mich fremd und verloren.

Ich glaubte wahrzunehmen, daß meine Dankrede («Rede vom vereinzelten Kopf») allerseits Befremden auslöste.

Am Abend dieses Tages lud Wolfgang Schaffler, der Gründer des Residenz Verlages, einen kleinen Kreis in seine Wohnung ein. Da waren Marcel Reich-Ranicki, Gerd Bacher, Generalintendant des Österreichischen Rundfunks ORF, Matthias Wegner vom Rowohlt Verlag, Jochen Jung vom Residenz Verlag, der Kabarettist Werner Schneyder, Krista und ich.

Ich erinnere mich, daß Reich-Ranicki und Gerd Bacher in einen heftigen Streit gerieten.

Krista und ich waren Fremde.

Reich-Ranicki versuchte, mich zur Teilnahme an den Tagen der deutschsprachigen Literatur in Klagenfurt (Ingeborg-Bachmann-Wettbewerb ) zu bewegen.

Ich enttäuschte ihn.

2.

Von Salzburg fuhren wir nach Klagenfurt.

Dort lebte mein väterlicher Freund Alexander Isačenko.

Nach Jahren an der University of California in Los Angeles (1968–1971) war er seit 1971 Ordinarius für Allgemeine Sprachwissenschaft an der Hochschule für Bildungswissenschaften.

1968 hatten wir uns in der Tschechoslowakei zuletzt gesehen. Zehn Jahre lang hatten wir unsere Verbindung brieflich aufrechterhalten.



Nun sollte es endlich ein Wiedersehen geben.

Isačenko holte uns vom Bahnhof ab. Seine ersten Worte waren:

«Ab heute sagen wir du zueinander.»

Er lud uns ins Restaurant «Musil» ein und brachte uns dann zu unserem Hotel.

Am nächsten Tag zeigte er uns Klagenfurt. Seine Frau Elena lag im Krankenhaus. Wir besuchten sie dort.

Anschließend unternahm er mit uns in seinem Wagen einen Ausflug in die Umgebung.

Am Abend lud er uns und Freunde von der Hochschule in seine Wohnung zum Essen ein.

Isačenko war nicht nur ein bedeutender vielsprachiger Linguist, er war auch ein exzellenter Koch und ein glänzender Geschichtenerzähler.

Ich erinnere mich, daß Isačenko die Geschichte von Herrn Fonagy und Herrn Hegedüs erzählte:

Ein Mann sitzt in einem Abteil des Zuges von Budapest nach München. Der Mann sitzt am Fenster. Auf seinen Knien hält er einen Rucksack. Kurz vor der deutschen Grenze betritt ein zweiter Mann das Abteil. Er sagt:

Guten Tag. Mein Name ist Hegedüs.

Der Mann am Fenster sagt:
Guten Tag. Mein Name ist Fonagy.
Herr Hegedüs setzt sich auf den anderen Fensterplatz.
Herr Fonagy blickt zum Fenster hinaus.
Herr Hegedüs blickt auf den Rucksack von Herrn Fonagy.
Herr Hegedüs sagt: In Ihrem Rucksack bewegt sich etwas. 
Was ist das?
Herr Fonagy sagt: Das ist ein Mungo.
Herr Hegedüs sagt: Das ist ein Mungo? Wozu benötigen Sie einen Mungo?
Herr Fonagy sagt: Zum Schlangen fangen.
Herr Hegedüs sagt: Zum Schlangen fangen?
Herr Fonagy sagt: Ja.
Herr Hegedüs sagt: Wohin reisen Sie?
Herr Fonagy sagt: Nach München.
Herr Hegedüs sagt: In München gibt es keine Schlangen.
Herr Fonagy sagt: Es ist auch kein richtiger Mungo.
Herr Hegedüs sagt: Sondern?
Herr Fonagy sagt: Ein Eichkatzerl.

An diesem Abend fragte mich Isačenko, ob ich Lust hätte, in Klagenfurt an der Hochschule für Bildungswissenschaften wieder auf linguistischem Gebiet zu arbeiten – zusammen mit ihm. Er denke an unsere gemeinsame Arbeit an der Akademie der Wissenschaften in Ostberlin über die deutsche Satzintonation («A Model of Standard German Intonation». Translated from the German by John Pheby; with a record produced by Heinrich Eras. Mouton The Hague. Paris. 1970).

Vielleicht dachte er, ein Brotberuf sei für einen angehenden Schriftsteller ein wünschenswert sicherer Boden. Aber ich hatte die Linguistik längst aufgegeben.

Zum Abschied schenkte mir Isačenko ein Foto, das ihn am Ufer eines Kärntner Sees zeigt. Er sagte:

«Das ist mein letztes Foto», und er hatte gewiß gemeint, es sei das jüngste. Aber es war tatsächlich das letzte.

Alexander V. Isačenko starb am 19. März 1978.

## Ländlich

Der Dichter Johannes Schenk und die Malerin Natascha Ungeheuer, seine Lebensgefährtin, beide wohnhaft in einem Zirkuswagen, kehrten im Norden Deutschlands in einem Dorfgasthof ein. Auffällig ihre Kleidung, er wie ein Seemann, sie in einem bunten Hippierock, wallende schwarze Haare. 

Der Gastwirt kam an ihren Tisch.

Natascha Ungeheuer besprach sich mit Johannes Schenk und bestellte Mittagessen.

Der Gastwirt ging zur Theke zurück und sagte zu seiner Frau:

«Jetzt sprechen die schon Deutsch.»

# Quellennachweis

*Heinrich Maria Ledig zu Ehren* 187
(Gekürzte Version).
In: Privatdruck, Reinbek (Rowohlt) 1992.

*Tischgespräch*
In: Dickinson College, Glossen, Heft 25.

*Schloß Wiepersdorf*
In: Schloß Wiepersdorf. Künstlerhaus in der Mark Brandenburg. Göttingen (Wallstein) 1997.

*Sarah*
Gekürzte Version von: *Sarah Kirsch. Ein Geburtstagsgruß*
In: Neue Rundschau. Heft 3, 2000.

*New York 1993: Fische angeln*
*New York 1993: Leuchtreklame*
*New York 1993: Das Wort Frau*
*New York 1993: Che gelida manina*
*New York 1993: Metropolitan Opera*
alle in: Signale aus der Bleecker Street. Deutsche Texte aus New York. Göttingen (Wallstein) 1999.

*«Ich bin nur ein Leser». Hans Georg Heepe zum 70. Geburtstag*
In: Sprache im technischen Zeitalter. Heft 177, 2006.

*Nicolas Born*
In: Literaturmagazin 21, Reinbek (Rowohlt) 1988

*Jürgen Fuchs in memoriam*
In: europäische ideen, Heft 15, 1999

# Inhalt